蜜は夜よりかぎりなく

崎谷はるひ

15087

角川ルビー文庫

目次

口絵・本文イラスト／高永ひなこ

蜜は夜よりかぎりなく

藍《あい》が、その日最後の講義を終えた大教室を出ると、初夏の空は雲ひとつない快晴だった。しかしその天気に反して、藍の表情は曇《くも》っている。

日本・東洋美術史の必修講義。まだ詰《つ》めこみきれない知識が頭のなかでわんわんしている気がして、分厚いテキストとノートを抱《かか》えた藍は小さく呟《つぶや》いた。

「これ、試験までに覚えないといけないのか」

ついぼやきがこぼれてしまうのは、いたしかたのないことだろう。じつのところ藍は暗記物があまり得意ではなく、まして歴史の授業などは、昔から苦手だった。そのうえ、大学入学してはじめての試験が近づき、授業内容はひたすら濃《こ》くなっている。

藍は、この春晴れて、とある私立大学の文学部美術史学科に合格した。いずれ学芸員になりたい、という将来の希望を持っている藍だが、残念ながら美大に進むほどの能力が皆無《かいむ》のため、筆記試験でクリアできる方面をと探したあげくの選択《せんたく》だった。しかし、二年次にはデッサンの授業が必修であるらしく、それも少し気が重い。

(まさか、実習があるなんてなあ)

祖父、父とも日本画、洋画の画家であったにもかかわらず、藍には画像の認識《にんしき》能力と再現力がおそろしいまでに欠落している。容姿は父に生き写しなのだそうだが、絵を描《か》く才能だけはまったく遺伝しなかったようだ。

「ん、でも、がんばろう！」

自分に言い聞かせるようにして、握《にぎ》り拳《こぶし》を作ってうなずいた藍は、背後からかけられた声にしばらく気づけなかった。

「待って、志澤《しざわ》さん」

「……え？」

思わずきょろきょろと目を動かしたのは、いまこの場にいるはずのないひとの名を耳にしたからだ。しかし、あの背の高い涼《すず》やかな姿は視界のどこにも見つからず、聞き間違《まちが》いかと思った瞬間《しゅんかん》、藍の肩《かた》が叩《たた》かれる。

「おーい、志澤さん？　聞こえてますか？」

「え、え、あっ……」

軽く揺《ゆ》さぶるようにされてもしばし自分のこととは気づかず、藍はぼんやりとしたままだった。とぼけた反応に、隣《となり》からはくすくすと笑い声があがる。

「志澤さん、また自分の世界入ってる」

「あ、ご、ごめんなさい」

指摘《してき》した声の主は、三沢優衣《みさわゆい》。必修で毎回同じ講義にぶつかるので、なんとなく親しくなった女の子だ。気まずく、藍はぎこちない笑いを浮《う》かべてみせる。

考えごとをしていたせいで反応が遅《おく》れたのもあるが、もうひとつには自分に対して「志澤さん」という呼びかけをされるのに、いまひとつ慣れていないせいもあった。

藍はほんの少し前まで、一之宮《いちのみや》藍、という名前だった。さまざまな事情から、昨年、志澤靖《やす》彬《あき》という老紳士《しんし》の養子として迎《むか》え入れられ、この大学では入試のときから志澤姓《せい》で通している のだが、二十年の間使っていた名字を変更《へんこう》して一年足らずという状態で、いまだに混乱するところも多い。

「ぼんやりしていて、すみませんでした」

「いいんですけどねー。ほんと、そゆとこ年上に見えないですね。見た目も見えないけど」

くすくすと、優衣は笑う。女の子の声というのは、なんだか耳がくすぐったいくらい甘ったるいものだと感じ、藍は口ごもった。

「あの、べつに、ふつうに……ため口っていうんですか？　きいてくれて、いいですよ」

同じ新入生ながら、藍が年齢《ねんれい》は上になると知って以来、言葉遣《ことばづか》いだけは目上扱《あつか》いしてくれている。だが、藍の遠慮《えんりょ》に、優衣はにこにこしながら毛先のはねたミドルショートの髪《かみ》を揺らした。

「だって志澤さんが丁寧語《ていねいご》じゃないですか。だったら、あたしもそうします。志澤さんとしゃべってると、自然にきれいな言葉遣い、覚えられそうですし」

「そうですか……？」

優衣の背は、男性にしては小柄《こがら》なほうの藍と比べても、まだ小さい。知りあいが皆《みな》一様に長身で、一九〇センチ近い者も複数いる藍にとって、肩のあたりで小さな頭がぴょこぴょこと動いている優衣の姿は、妙《みょう》に新鮮《しんせん》だ。

（ちっちゃいなあ）

ふだん藍の周囲にいる人間が、自分を見て「小さい、小さい」と言う理由がなんとなくわかった気がした。たった十センチ弱の差ですら、こんなにも目線が違うのだ。二十センチ近く藍より空に近い彼らにとって、どれだけ自分は頼《たよ》りない生き物に見えることだろうと思うと、なんとなく肩が落ちた。

（そのままでいいんだ、って言われてるけど）

成人もし、大学生にもなった。もっとしっかりしたいと思うし、大人《おとな》になりたいと感じているのに、総じて藍の周囲の人間は「焦《あせ》ることはない」と言うばかりだ。

「それより、今日はもう授業ないですよね。このあと、なにか用事ありますか？　よかったら、この間話した店、行ってみません？」

まるい目を輝《かがや》かせた優衣の言葉に、藍は「ああ」とうなずいた。

「ギャラリーのある喫茶店《きっさてん》、でしたっけ？」

「はい。いま、現代美術展やってるんです。『六〇年代ポップアートとミニマリズム』。ちっちゃい作品ばかりでカワイイんですよ」

優衣にしても、三つも年下だというのに面倒見《めんどうみ》がいい。情報に疎《うと》く、きまじめがゆえに融通《ゆうずう》のきかないところがある藍を、それとなくフォローしてくれ、小さなギャラリーなどで絵画展をやっていると、必ず誘《さそ》ってくれたりもする。だが今回の誘いについては、せっかくだがと藍はかぶりを振《ふ》るしかなかった。

「行ってみたいんですけど、今日は用があるんです。すみません。また誘ってください」

「なんだ。じゃあまた今度ですね。このあと、急ぐんですか？」

「ええ、待ち合わせして、……あっ！」

残念そうに肩をすくめる優衣に頭を下げたところではっと気づいた藍は、あわてて携帯《けいたい》を取り出す。所持して一年と少し、ようやく操作も覚えたそれの電源を入れると、案の定メールが入っていた。

【大学前のロータリーに車を停《と》めてある。授業が終わったら電話をしなさい】

「うわ、しまった」

タイムスタンプを見ると、もう三十分はすぎていた。【すぐ行きます】とメールを返信し、藍は焦り顔も隠《かく》せず優衣へと振り返る。

「ごめんなさい、待ち合わせしてた相手が、もう来てるみたいです」

「あら。じゃあ急いだほうがいいですね。場所どこですか？」

「正門前のロータリーです。じゃあ、……？」

答えつつあわてて小走りになる藍に、なぜか優衣もついてくる。どうして、と振り返ると、彼女は息をはずませながら言った。

「あのね。志澤さん、この間正門から出るって言って思いきり逆走したの覚えてます？」

「あ……ありました、ね」

藍はしおしおと薄《うす》い肩を落とす。大学というのは妙に敷地《しきち》が広い上、専科によって棟《むね》が分かれており、藍のような場所の把握《はあく》が下手《へた》なタイプにはいささかややこしいのだ。優衣曰《いわ》くの『逆走』の際には、その日はじめて利用した大教室の位置関係がわかっておらず、正門に向かったつもりで真裏に向かっていた。

「方向音痴《おんち》は直したほうがいいですよ。で、心配なので、そこまで送ります」

ほら急いで、と背中を押す小さな手に、藍は情けなくなった。毎度ながら自分は、どうしても誰かに面倒を見られてしまうらしい。

その筆頭が、いま正門前のロータリーで、愛車に長身をもたれさせた志澤知靖《ともやす》そのひとだが――果たして彼は、優衣に引き立てられるようにして藍が姿を現したとき、開口一番こう言った。

「どうした、遅《おそ》かったな。迷ったのか？」

「授業が長引いたんです。迷ってはいません」

今日は、という言葉を呑《の》みこんだ藍のうしろで、優衣はにやにやと笑ったままだ。

「ところで、彼女は？」

「あ、あの。同じ講義を取ってる——」

「はじめまして。三沢優衣です」

物怖《ものお》じせずにこっと笑った優衣に、知靖は軽く会釈《えしやく》し、「志澤知靖です」と名乗った。見あげるほどの長身に高級そうなスーツ、リムレスの眼鏡《めがね》が知的で端整《たんせい》な顔をさらに涼しげに見せる彼に、大抵《たいてい》の人間はぽうっと見惚《みと》れるものだが、優衣は特に過剰《かじよう》な反応をすることもなかった。ただ、名字に引っかかったように、小首をかしげている。

「こちらも志澤さん……ああ、ご親戚《しんせき》の方ですか？」

「ええ。叔父《おじ》になります」

控《ひか》えめながら魅力《みりよく》的な笑《え》みを浮かべた知靖は、優衣の言葉にさらりと答えた。

「なあんだ。志澤さん、すごく焦ってたから、てっきりデートかと思ったのに。お相手見ようと思ったけど、当てがはずれちゃった」

「み、三沢さんってば」

残念だとけらけら笑う優衣に、藍は少しだけ慌《あわ》てた。ちらりと知靖をうかがうと、彼はいつもながらのポーカーフェイスで、焦っているのは自分だけかと恥《は》ずかしくなる。

さきほど『叔父』と口にした彼の、その返答だけで言えば、ふつう藍の叔父が知靖、と思うことだろう。だが、本当の続柄《つづきがら》は逆だった。知靖は、藍の養父である靖彬の孫にあたるため、藍のほうが義理の叔父、というわけなのだ。

そして知靖は、じつのところ藍の恋人《こいびと》でもある。同性で、十五歳も年上だけれども、つきあって二年、そしてそれと同じ年数を同居している最愛のひとだ。

だが、そんなことをまだ知りあって日もない優衣に説明できるわけもない。藍がしどろもどろになっていると、優衣はいたずらっぽく笑って、手を振った。

「じゃ、あたしとのデートはまた今度ってことで！　もう構内で迷わないでくださいね。おじさまも、失礼しますね」

「え、あ、ああ、はい。また……」

「お世話になりました。失礼します」

にっこり微笑《ほほえ》んで去っていく優衣の後ろ姿を見送ったあと、苦笑《くしょう》まじりに知靖は呟《つぶや》いた。

「……おじさまか。ま、そう見えるだろうな」

「あの、あの、知靖さん」

「デートの約束をしていたなら、日を変えてもよかったんだが？」

「ち、違います、そんなんじゃないです！」

知靖がこちらをからかっているのはわかるけれど、藍はなにを言っていいものかわからない。焦って声を裏返すと、彼は小さく吹《ふ》きだした。

「冗談《じょうだん》だ。面白《おもしろ》いお嬢《じょう》さんだな。……とにかく乗りなさい、約束の時間に遅《おく》れる」

くすくすと笑っているあたり、気にしているわけではないのだろう。変に焦った自分が恥ずかしくなり、藍は赤くなりながらも知靖の車へと乗りこんだ。なめらかに走り出した車内で、藍はこの日の本題を切り出す。

「あの、もう額《がく》はできたんでしょうか？」

「それはまだだ。工房《こうぼう》のほうで、フレームの仕上がりをまず見てほしいという話だったからな。自分でもたしかめたいと言っただろう」

「そうですね」

うなずき、藍は緊張《きんちょう》のため息をつく。この日ふたりは、都内でオリジナルの額を制作している工房に出かけることになっていた。

藍の所有するあの絵について、額装《がくそう》をしないかと知靖が言い出したのは、藍が二十一歳を迎《むか》えた誕生日の朝のことだった。

――額装、ですか？

――ああ。きみのお父上の作品を、いつまでも金庫にしまっておくのは、どうなのだろうかと考えていてね。

藍は昨年の誕生日、夭折《ようせつ》した洋画家であった父、一之宮衛《えい》からの贈《おく》り物である絵を受けとった。午後の陽射《ひざ》しを切り取ったかのようなその絵は、陰惨《いんさん》な前衛絵画ばかりを描《か》いていた衛にしては異色の、母子像。

タッチだけは衒らしい、荒《あら》いとも言える筆致《ひっち》のため、顔立ちは写実作品のようにははっきりとしない。だがモチーフとなった母子が、藍の母、愛《めぐみ》と、その乳を飲む藍自身であるのは間違《まちが》いがない。

――せっかくのものなのだから、いつでも見られるようにしたくはないか？

言われて、一も二もなく藍はうなずいた。

剝《む》き身の四号サイズのキャンバスは、しばらく知靖に任せて管理してもらっていた。彼は藍と出会った二年前までは美術商としての仕事にも携《たずさ》わっており、絵画の取り扱《あつか》いは専門であり、最高の保管状態を約束してくれた。

額装について、一年も経《た》って切り出されたのは、お互《たが》いに余裕《よゆう》がなかったこともある。

当時、大学受験を控えていた藍は、そもそもとある事情により中学から学校というものに通っていなかった。そのため受験そのものへの準備以外にも、まず集団生活に慣れなくてはならなかったし、それ以外にもいろいろと、あのころはややこしかった。

知靖や、志澤グループをも巻きこんだ、帝都《ていと》デザインアカデミーの大がかりな横領事件、そして世間にはけっして知られてはいないが、福田《ふくだ》という画商が執拗《しつよう》に藍を狙《ねら》ったために起きた一連の出来事のおかげで、それどころではなかったのだ。

すべてがひととおりの決着を見たところで、できるなら大学に合格した藍の新生活を、あの絵で彩《いろど》れるようにと、知靖は手配してくれていたらしい。

「……どんなふうに、なったのかな」

「腕《うで》のいいひとだから。木製本縁《ほんぶち》の油彩《ゆさい》額を注文してあるが、きっといいものができているはずだ。あの絵を活《い》かしてくれるはずだし、壁《かべ》に飾《かざ》ることも考えて、質のいいUVカットガラスを使用した」

日焼けや湿度《しつど》などの環境《かんきょう》による褪色《たいしょく》を防ぐため、本縁には大抵ガラスかアクリルのカバーがついている。美術館や展覧会などで、絵そのものの鑑賞《かんしょう》をする場合には、カバーの反射が邪魔《じゃま》をするため、仮縁《かりぶち》と呼ばれるフレームのみのものが使われているのだと知靖は説明してくれた。

「額縁って、そんなにこだわる必要があるものなんですか？」

「むろん。作品そのものを演出する意味もあるからね。下手なデザインのフレームをつけては、絵自体が見劣《みおと》りしてしまう。逆に額装さえうまくすれば、絵も『それなり』に見えてしまうからおそろしいところだが」

「それなり？　なにか、いけないんですか」

「まあ、それでだまされて二束三文の絵を買ってしまうひともいるということだ」

藍の素朴《そぼく》な質問に対し、知靖はいささか苦い顔でつけ加えたあと、「きなくさい話になったな」と苦笑した。絵画や美術品にはつい仕事としての意識が働きすぎると自分を笑う。

「ともかく今日は本縁の原型を見て、きみがそれでよしとしたら、仕上げにかかってもらう。

あとは塗装《とそう》仕上げになるから、そう日数はかからないだろう」

「そうですか」

にっこりと微笑んだ藍に、運転中の知靖は一瞬《いっしゅん》だけ流し目をする。

「なんだか楽しそうだな。額ができあがるのが、そんなに待ち遠しいとは思わなかった」

「それも楽しみですけど、……知靖さんと一緒《いっしょ》にいるのが嬉《うれ》しいです」

ひさしぶりだから、と小さくつけくわえると、知靖は困ったような笑みを漏《も》らす。

「まあ、たしかにこのところまた、時間がなかったからな」

日本でも有数の旧財閥系《きゅうざいばつけい》グループ、志澤コーポレーション現社長、志澤靖久《やすひさ》の婚外子《こんがいし》である知靖は、長年その出生の問題や周囲の軋轢《あつれき》から、赤字部門の後始末などを一手に引き受けさせられていた。

だが昨年の帝都デザインアカデミーの不正事件以来、靖久以下、親族系の幹部が吸っていた甘い汁《しる》、その出所や粉飾《ふんしょく》決算などの問題が、芋《いも》づる式に明るみに出た。組織が大きなぶん、トップへの糾弾《きゅうだん》もまた激しく、現在の靖久は各種事情の参考人として、行政から追い立てられる日々となっている。

おかげで現在では、隠居《いんきょ》生活を送っていた会長の靖彬がグループ陣営《じんえい》の総指揮をふたたび執《と》ることとなった。その片腕であった知靖もまた、本社グループの中枢《ちゅうすう》に役職を設けられ、多忙《たぼう》な日々をすごしていた。美術商としての業務自体も、本社の仕事があまりに忙《いそが》しくなり、すでに部下に引き継いでいる。

「今日は、まだお仕事ありますか?」

「いや。さすがに休みを取った。工房をまわったら、食事でもしようかと思うが……」

言いよどんだ知靖に、藍はなんだと目顔で問いかけた。

「正直言えば、いいかげん、藍の料理が食べたいかな。外食はもう、胃が重い」

「ぼく、作ります！　なにがいいですかっ」

間髪《かんはつ》いれずに声をあげると、楽しげにくすくすと笑われた。勢いがよすぎたと藍も赤くなるけれど、そもそもふたり一緒に帰宅できること自体、何ヶ月ぶりだという有様なのだ。

「笑わないでください……」

「いや、なんでもいい。藍が作ったものなら、それだけでありがたい」

出会ったころから忙しい身ではあったが、それでもふたりの住まう麻布《あざぶ》十番のマンションにオフィスをかまえていてくれたぶん、どうにか顔をあわせようと思えば、できなくはなかった。

しかし志澤商事本社で、かつてのような形ばかりの役員席ではなく、正式なポストを与《あた》えられた知靖は、もっぱらその丸の内にある本社につめっきりとなっているのだ。

そして藍は藍で入学したばかりの大学生活に馴染《なじ》むのに必死で、お互いにずっと余裕がないままだ。思えばこの二年、そんなことの繰《く》り返しばかりで、ゆっくりとすごした記憶《きおく》は数えるほどしかありはしない。

「知靖さんが忙しすぎるんです。たまにはちゃんと、お休みを取ってください」

「わかったわかった」

こうして、顔をあわせれば小言めいたことばかりになるのも相変わらずだ。三十代なかばをすぎた知靖は相変わらず多忙で、おまけにヘビースモーカーでもある。

（最近また、煙草《たばこ》の本数増えてるし……）

あまりうるさく言うのも、却《かえ》って負担かもしれない。だが、祖父を心筋梗塞《しんきんこうそく》で亡《な》くした藍にとっては、喫煙《きつえん》者の知靖を案じずにはいられないのだ。禁煙のストレスなど与えたくはないから藍も口は出さないが、身体《からだ》が心配なのも実際だ。

「こうして、ちゃんと休みを取っただろう。明日も家にいる」

「……本当に、きちんと休んでくださいね。持ち帰り仕事とか、しないでくださいね」

「わかってるから」

念押《ねんお》しをする藍の頭に、知靖の大きな手が軽く載《の》せられた。宥《なだ》めるようにぽんぽんと叩《たた》かれ、子ども扱いに複雑な気分になりつつ、とりあえず小言はこれで終わりにしようと口をつぐむ。

「ところであの絵を飾る場所だが、きみの部屋がよくはないか」

気まずくうつむいた藍に気を遣《つか》ったのか、知靖は話題を変えてきた。ほっとしつつ、藍はその提案に小首をかしげる。

「どうしてですか？　居間のほうが、壁の色もあるし、映《は》えると思うんですが」

「だが、あそこは日当たりがよすぎるだろう」

UVカットガラスをはめていても、あまりに直接に日が当たる環境はよくないのだと知靖は言う。どうあっても、経年変化は免《まぬが》れないからだ。

「でもあの絵は、日の当たるところのほうが似合うと思います」

「それは、そうだが……」

やわらかい日だまりそのものの、あたたかな一枚。それは湿度やなにかを完璧《かんぺき》にした保管庫にしまいこんでおくべきでないだろうと言ったのは、そもそも知靖のほうだった。

「それに、あの絵はぼくと、知靖さんの、ふたりのものだと思ってます。だから、一緒に見られるところがいい」

「藍……」

背の高い恋人《こいびと》を見あげて告げると、知靖はかすかに目を瞠《みは》った。

「色褪《いろあ》せたとしても、それは絵と一緒にすごした証《あかし》だと思うんです。それに、父も永遠にあの絵を遺《のこ》したいだとか、そういう意味で描いたのではないと、そう思うんです」

ただそこにある情景を切り取って、いずれ大人《おとな》になった藍に、これだけ愛していたのだと伝えるためだけの絵だった。そうでなければ、わざわざ『二十歳の藍へ』と、あの手紙を添《そ》えて渡《わた》したりはしなかっただろう。

「色が褪せても、ぼくはあの絵を覚えています。そして、変わっていくなら、知靖さんと一緒にずっと、その変化を見ていたい」

「……ずっと、か」

その言葉に、なぜか知靖は答えなかった。静かに息をつき、一瞬だけ惑《まど》うように怜悧《れいり》な目が歪《ゆが》んだのを、藍は見逃《みのが》さなかった。

「知靖さん？　どうしたんですか」

「いや。……藍が、それでいいというのなら、いいんだ」

いつも惑いのない男にしてはめずらしい、歯にものが挟《はさ》まったような口ぶり。彼の横顔はまっすぐに前だけを見据《みす》えていて、運転席にいるのだからそれはあたりまえのことなのに、妙《みょう》にはぐらかされた気になるのはなぜだろうか。

「ぼくがいいというより、ふたりで、見たいと思ったんですけど」

どうしてか、念押しをするようにそんなことを口にした。藍の言葉に、知靖は少しだけほろ苦く笑う。

「いずれきみの手にちゃんと、残るものであったほうがいいと、思ってしまったから。まだ、美術品を売り物にしていた感覚が残っているのかもしれないな」

「売り物……ですか」

「褪色《たいしょく》によって価値の下がる絵画は多いんだ」

彼はそう言ったけれど、それがどこか、らしくもなく言い訳めいていたのはなぜだろう。妙に落ち着かない気分になりつつ、藍がじっとその整った横顔を眺《なが》めていると、知靖は話題を変えてきた。

「ところで、さっきの彼女には、よく迷子の面倒《めんどう》を見られているのか？」

「ま、迷子って言わないでください」

蒸し返され、かっと藍は頬《ほお》を染める。

「しっかりしていそうな子だったが。藍もああいう子と並ぶと、背が高く見えたな」

「どうせぼくは、小さいです。でも、去年より二センチは伸《の》びたのに」

一応まだ成長は止まっていないらしいとアピールすると、笑っていなすかと思っていた知靖は、ふと呟《つぶや》くように言った。

「そうだな。知らないうちにきっと、少しずつ大人になっているんだろう。毎日見ているから、わかりにくいが」

嚙《か》みしめるような物言いが不思議であるのと同時に、奇妙《きみよう》な不安感を藍にもたらす。どういう意味だろうと横顔を見つめても、口を閉《と》ざした知靖はいつもの煙草をくわえた。まるでごまかすようだと感じ、同時に、なぜそんなことを思うのかと藍は自問した。

（なんだろう……？）

ひさしぶりのゆったりとした、ふたりきりの時間。もともと藍も知靖もそう饒舌《じようぜつ》ではないけれど、こうも気まずさを感じることなど、ここしばらくはなかったことだ。

微妙《びみょう》な沈黙《ちんもく》を孕《はら》んだまま、車は走る。目的地に着くまで、知靖の形よい唇《くちびる》からは、ピースの紫煙《しえん》が流れるばかりだった。

＊　＊　＊

額装が完成したのは、藍と知靖が連れだって工房《こうぼう》を見に行った日から、二週間ほど経《た》ってのことだった。

職人が母子像を見てデザインを起こしたという本縁《ほんぶち》の木枠《きわく》は、品のいい流線形の装飾《そうしょく》がなされたものだった。華美《かび》ではけっしてなく、抑《おさ》えめの金茶の塗装《とそう》が淡《あわ》い色合いの穏《おだ》やかな絵を、静かに引き立てる。

「どうだ？」

採光のいい居間の壁面《へきめん》は落ち着いたクリーム色で、やわらかい午後の光が映える。そこに完成した額に収めた絵を飾《かざ》って、藍はほうっと満足の息をついた。

「すごく、いいです」

父の手によって描《えが》かれたのち、二十年近くもしまいこまれていた絵がようやく、文字通り日の目を見た気がする。それを知靖とふたりで眺めることのできる『いま』が、なにより幸福だと藍は思った。

しかし、穏やかな時間は、無粋《ぶすい》な携帯《けいたい》電話のコール音によってすぐに奪《うば》われてしまう。

「志澤です。……ええ、まだ自宅です。はい。わかりました、すぐうかがいます」

「また、お仕事ですか。日曜なのに」

短い会話だけで通話を切りあげた知靖に、顔を曇《くも》らせた藍が問うと、彼はうなずいた。

「会長からのお呼び出しだ。もともと今日は午後からうち合わせがあったからな」

なんでもないことのように言った知靖はスーツの上着を手に取る。それさえ羽織ればすぐにも出勤できるという服装でいたため、藍とて彼が仕事に行くつもりなのはわかっていたが、眉《み》間《けん》に皺《しわ》が寄るのを隠《かく》せない。

「最近、お休みがなさすぎます。先週も、その前も、休日出勤ばかりじゃないですか」

「役員というのはそういうものだ、しかたないだろう。今日も遅《おそ》くなると思うから、さきに寝《ね》ていなさい。いいね」

毎度の小言を軽く受け流し、藍の小さな頭を撫《な》でる手はやさしい。けれど、子どもをなだめるためだけのような手つきにはどうしても不満が募《つの》る。

「知靖さんは、いつまでぼくを子ども扱《あつか》いするんですか……」

「いつまでと言われても、いまさら年齢《ねんれい》差は縮まらないだろう。なにを拗《す》ねてる」

おかしそうに笑って、ぽんぽんと頭を叩《たた》いた手が離《はな》れていく。とっさにそれを捕《つか》まえ、甘く涼《すず》しいフレグランスと煙草《たばこ》のにおいが入り混じった、広い胸にしがみついた。

「藍？　どうした」

「最近ずっと、夜がひとりで、寂《さび》しいです」

こんなことでぐずるのはあまりにみっともないと思う。けれど、多忙《たぼう》すぎる恋人を理解はしていても、ときどきせつないのだと、どうしてもわかってほしかった。

「なんだ、寂しいなんて。子ども扱いは、いやなんじゃないのか」

からかうようなそれに、藍はふるふるとかぶりを振《ふ》り、意味が違《ちが》うと呟いた。

「……そうじゃないから、寂しいです」

日当たりのいい居間にはあまりに不似合いな色が自分の声にこもって、藍は羞恥《しゅうち》を覚えた。けれど、これくらいはっきり言わなければ、聡《さと》いようで鈍《にぶ》い知靖にはわからない。

「キスだけで、いいです。してください」

「藍……いきなり、なにを」

「いきなりじゃありません。言わなきゃなんにも、してくれないじゃないですかっ」

言ったはしから、頬がかっと火照《ほて》る。だがこの朴念仁《ぼくねんじん》相手には、ストレートで大胆《だいたん》なアプローチしかないと、二年にわたるつきあいのなかで学んだ。

（あ、迷ってる）

ふわりと肩《かた》に置かれた手が、ごくかすかに藍の薄《うす》い身体《からだ》を撫でた。触《ふ》れるか、触れまいかと惑うとき、知靖はいつもよりずっと触れる力を加減する。

十九歳で出会って、恋《こい》をして。二十一歳の現在に至るまで、このうえなく――ときにもどかしいくらいに、大事にされてきた。

(でも、最近とくに、変だ)

もう何度触れあったのかわからないほどであるというのに、知靖はいまだに、藍がなにも知らない子どもかのような扱いをする。それを幾度《いくど》もせがんで、ときには自分から誘《さそ》うような真《ま》似《ね》さえして、ようやく彼のなかのためらいを払拭《ふっしょく》できたと思っていたのに。

「知靖さん、もしかして、最近ぼくのこと、避《さ》けてませんか？」

「そんな真似をした覚えはないが」

淀《よど》みのない返答に、なおのこと不安は募り、藍はじっと、潤《うる》みはじめた目を眼鏡《めがね》越しのそれにあわせた。きりりとした切れ長の目は、いつ見ても完璧《かんぺき》に整って涼しげだ。上目に、ごまかしはいらないと軽く睨《にら》むと、困ったような笑《え》みがきれいな目元に浮《う》かぶ。

「ただ、藍がむやみに疑わしくなるくらいに、放っておいたということはわかった」

「そんなことを言ってるんじゃ……」

「寂しくさせて、すまないな」

こつんと額をあわせられ、藍はその笑みに嘘《うそ》がないだろうかとなおも見つめる。

「謝ってほしいわけじゃないです」

「ああ、わかってる」

でも悪かった。囁《ささや》く声と同時にキスが落とされたのは、薄く開いて口づけを待つ唇にではなかった。眠《ねむ》くてぐずる子どもをあやすような、額への甘い接触《せっしょく》はやさしい。やさしくて、やさしすぎて、藍はどうしようもなく、不安になる。

「時間がないから行くよ。もし、時間を持てあますならともだちとでも……ああ、そうだ。三沢さんとでも、出かけてくるといい」

「彼女だって、用があると思います」

適当にあしらわないでくれと睨んでも、知靖は涼しい顔のままだ。

「面倒見のよさそうな子だったから、声をかければ来てくれそうじゃないか？」

くしゃくしゃと髪《かみ》を撫でられ、大きな手が離れていく。これで終わりと告げる仕種と知っていても、藍はつい食い下がった。

「……キスは？」

「こんなところでせがまれても、俺がつらいからよしなさい」

たしなめる声にはそれ以上を言いつのれず、急ぐからと出ていく広い背中を見送る。期待をそらされ、満たされなかった唇がじんと痺《しび》れて、藍は無意識のままそれを、強く噛んだ。

「また、逃《に》げられた」

ぽつんとした呟《つぶや》きは、誰もいなくなった居間にむなしく響《ひび》く。なんだかどっと疲《つか》れた気がして、藍は大きなソファに腰《こし》を落とした。

（知靖さんの、本当は、どこ？）

問いきれなかった言葉が、胸の裡《うち》でぐるぐるとまわる。穏やかで甘い声と吐息《といき》が同時に触れた額を撫でて、またきゅうと唇を嚙《か》む。

知靖が抱《だ》きしめてくれなくなったのは、いつからだろうか。たしかに以前から多忙な男ではあったけれども、このところやけに接触が減っている。

そもそも、つれない顔をするくせして、藍の恋人《こいびと》はかなりの情熱家だ。触れるまではずいぶんとためらい、はぐらかしたくせして、ひとたび感情が決壊《けっかい》を迎《むか》えたあとには、身も世もなくなるくらい求められる。

言葉も態度も惜《お》しみなく甘く、それは共通の友人である弥刀紀章《みときしょう》が『胸焼けする』と苦笑《くしょう》するほどだ。

――俺が言うのも変だけど、先輩《せんぱい》はとても、本当にとてもきみを大事にしてるよ。

かつて、いまよりももっと知靖の気持ちを――というよりも、藍が自身を求められているという事実を――信じられずにいたころ、そうしてなだめてくれた声を思い出す。

「大事には、されてるんです。弥刀さん」

けれど、だからこそときどき怖《こわ》いと藍は自分の肩を抱いた。

知靖は、嘘をつくのがうまい。仕事のうえで有用なポーカーフェイスは、藍を相手にしても揺《ゆ》るぐことはない。しかもそれは大抵《たいてい》、藍のためを思ってのことが大半だから、見抜《みぬ》くのがひどくむずかしい。

保身の狡《ずる》さや、悪辣《あくらつ》な嘘、そんなものは大人《おとな》の恋人のなかにはひとつもない。ただし、藍を思うあまりに彼自身を殺してでもなにかを為《な》そうとするところがあるから、気が抜けないのだ。

（絶対また、これから藍もいろいろ見聞を広める時期だから、俺のことばかり考えるなとか、言うに決まってる）

過保護にもほどがある知靖の思考回路など、いいかげん藍とて覚えた。大学に入って以来、そういう意味での恋人らしい接触が激減しているのが、知靖の多忙さばかりが理由ではないことも、わかっている。

「……恥《は》ずかしかったのに――」

いまさら耳まで赤くなったのは、自分から請《こ》う真似までしたキスがもらえなかったからだ。

藍にしたって、ああいう誘いは恥ずかしくてたまらないし、はしたないとも思う。

だが、頭の固い大人相手には、そうでもしなければ無理じゃないのかと言われたから、がんばったのに。

「あ、そうだ。電話しなきゃ……」

悶々《もんもん》としそうになったのをこらえ、藍はそのアドバイザーである友人にかけるべく、携帯電話を取りだした。

『なんの用だよ。いま忙《いそが》しいんだけど』

「ご、ごめんなさい」

電話がつながるなり、ハスキーな声でうんざりだと言った佐倉朋樹《さくらともき》は、非常に短気だ。おそらく目の前にいればげんこつのひとつも藍にくれてよこしただろう。

「また、バイト大変なんですか？」

『それもあるけど、シスアドの試験の勉強。春期は受験とぶつかったからな、秋期試験狙《ねら》ってるったろ』

そうでしたとうなずいた藍は、勤勉な友人に頭が下がる思いがする。

佐倉は長年の念願であった東大受験合格ののち、その入学手続きを放棄《ほうき》した。エリート官《かん》僚《りょう》であり、偏重《へんちょう》的な学歴至上主義ゆえに確執《かくしつ》のあった父親の前で合格通知を破り捨て、これも長年の願いのとおり、『勘当《かんどう》』のお墨付《すみつ》きをいただいた、というわけだ。

「警察官試験のほうは、来年まで無理なんでしたっけ」

『ああ。まあそっちの勉強もやってっけど』

現在の彼は警察官になるための試験待ちである。大学卒業資格も持たない彼は警視庁警察官3類試験しか受けられないのだが、一月に行われる試験の募集は、前年の十二月に締め切られる。

その時期、東大受験のまっただなかだった彼はさすがにそこまで手がまわらず、来年の試験に向けての準備中なのだ。

また、その試験のためには、なにか資格を持っていたほうがいいと勧《すす》められ、まずは初級システムアドミニストレータ——情報処理技術者の資格試験合格を狙っているらしい。

正直、佐倉が定めた進路の話を聞いたとき、藍はひどく驚《おどろ》いた。

佐倉の兄は警察官僚であり、けっして仲がいいとは思えない。だというのにいったいなにがどうして、そんな進路を選んだのかと問いかけたら、あるひとの言葉があったからだと彼は答えた。

——グレーゾーンのことに関しても柔軟《じゅうなん》で、なおかつ、それに対する怒《いか》りを持ってる。

そういう人間は警察官に向いているのではないかと、佐倉は言われたのだそうだ。

兄がどうだ、親がどうだということをさしおいたとき、佐倉はたしかに警察官に向いていると思う。純粋《じゅんすい》でタフで、気持ちが強いし、自身の倫理《りんり》と正義感も明確にある。

（たしかに、すごくあってるよね）

身体《からだ》を動かす仕事がしたいと常々口にしていたし、同時に頭も切れる友人にはこのうえない職業であるとは思う。そしてはっきり教えてもらえなかったが、彼に助言したのは、弥刀ではないだろうか、とぼんやりと藍は想像していた。

映像作家でもある弥刀のことを、佐倉は尊敬をこめて『監督《かんとく》』と呼ぶ。意地っ張りでもある佐倉が、大人の言葉を素直《すなお》に受け入れるとしたら、該当《がいとう》する人間は弥刀以外に考えられなかった。

とはいえ、最終的に誰がどんな言葉を告げようとも、佐倉は『決めるのはおのれ自身』と言いきるだろう。その強さが、藍にはいつも、好ましい。

「忙しいのに、すみません。切ったほうが、いいですか？」

『まあもう電話出ちまったから、いい。つか、そんなへこんだ声のやつほっとくほうが気分悪い』

端的《たんてき》ながら思いやりのある言葉に、藍は笑《え》みを浮《う》かべる。ぶっきらぼうなくせに、基本的にやさしいこの友人が、藍はとても好きだ。

「あの、この間の、相談した件、なんですけど、どうもうまくいかなくて」

『この間？　ああ……志澤さんがちっとも手ぇ出してこねえって話か。そんなもん、おまえが誘《さそ》えばいいって言っただろ』

「や、やってみたんですけど、だめでした」

藍がへどもどと答えると、うんざりしたようにため息をつく佐倉に、さすがに赤くなる。

『つうか、そのときも言ったけどさ。なんで俺だよ。そういう話苦手なの、知ってんだろ。いっそ監督とかに相談しろよ』

藍と知靖の関係を知る知人のなかで、もっとも色事に長《た》けているのが彼であろうことは間違《まちが》いなく、いままでにも何度も相談にのってもらった。

『しかし、監督と志澤さんって、いったいどういうつきあいなんだろうな』

「どうって……？」

『なんかいちいち呼び出されちゃ、言うこときいて。ただのダチであそこまでするもんか？』

「それはまあ、そうですね」

やさしくて面倒見《めんどうみ》のいい弥刀は、藍が知靖と暮らすようになってすぐから、唯一《ゆいいつ》の理解者であり相談相手でもあった。ふたりの不器用にもほどがある歩み寄りに関し、多大な手助けをしてくれた人物でもある。

『まあ、例の専門学校で講師のついでに、内偵《ないてい》みたいな仕事もしてたり、いろいろ絡《から》みはあるんだろうけど。それでもふつう、おまえみたいの面倒までは見ねえだろ』

藍にとってはいまさらのことを問われ、どうしてか言葉に詰《つ》まった。佐倉の疑問はそのまま、藍の疑問でもあったからだ。

『あのな。そこまでしてくれてるんだから、いまさら恋愛《れんあい》相談のひとつやふたつ、かまわねえんじゃねえのか？』

佐倉の言葉は、もっともだとは思う。藍よりも、知靖とはずっとつきあいの長い彼にこの件を持ちかけたなら、きっと有用なアドバイスもくれるだろうし、場合によってはそれとなく、知靖をたしなめてもくれるだろう。佐倉が困惑《こんわく》しているのもわかる。

しかしどうしても藍は、今回の微妙《びみょう》な距離感《きょりかん》を、弥刀というファクターで埋《う》めることはしたくなかった。

（ほんとに、なんでなんだろう）

知靖の家に引き取られたばかりのころ、多忙《たぼう》な彼の代わりにさまざまな手助けをしてくれたのは弥刀だ。そのあとも、ことあるごとに相談に乗ってくれたり、話を聞いてくれたり、どころか受験についてのアドバイスや諸般《しょはん》の手続きの大半も、弥刀がしてくれた。

かつて、なぜそこまでしてくれるのか、と藍が問いかけたとき、『体育会系部の上下関係が残ってるから』などと答えた弥刀に、はぐらかされた気がして――それに。

――あのぶきっちょが逃《に》げても、やさしくしてあげて。

かつてそう弥刀に言われたとき、彼がなにより知靖のために行動しているのだと知った。それが胸のどこかにちくりと引っかかるようになったのは、いつごろのことだったろうか。

（そしてぼくは、なにがこんなに、引っかかってるんだろう）

素直に弥刀を頼《たよ》れない理由は、はっきりとはわからない。けれど、だからこそ、弥刀には頼れないのだと藍は口ごもる。

「弥刀さんじゃ、だめなんです」

『なんでだよ』

「……なんとなく」

自分でも理由が明確にならないためらいに、藍は歯切れが悪くなる。当然、佐倉はそのあいまいな言葉につっこんできた。

『なんだよ、そのなんとなくって』

「え、っと。いつまでも弥刀さんにばっかり、頼りたくないんです。それにいま、弥刀さんも大変らしいって、知靖さんから聞いてるし」

言い訳じみているそれを口にすると、佐倉は『ああ』と声音《こわね》を変えた。

『ああ、映画か。いま忙しそうだもんな』

横領問題で実質的に稼働《かどう》しなくなった帝都《ていと》デザインアカデミーのおかげで、講師の職を失った弥刀は、現在では映画を作るためにひどく慌《あわ》ただしい日々を送っていると聞いていた。

もともとミュージシャンのPV制作などは手がけていたが、一年前に藍が撮影《さつえい》モデルとして出演もしたインスタレーション作品、『White heron―鳥は歌う―』に目をつけたいくつかの企業《きぎよう》からオファーが舞《ま》いこみ、そのなかに映画の話があったらしい。

「脚本《きやくほん》の段階で相当つまってるって、知靖さんも言ってましたし。お忙しそうで」

藍には映画のことはよくわからないながら、創作の悩《なや》みを抱《かか》えた芸術家が苦悩《くのう》する状況《じようきよう》は、祖父である一之宮清嵐《せいらん》を見て育っただけに、想像がつく。脳内にあるイメージを具現化するまで、ああした人種は日常のなにもかもを捨ててまで没入《ぼつにゆう》するし、そうあろうとする状況を邪魔《じやま》されるのをひどく厭《きら》うのだ。

実際、かつての弥刀であれば特に用事がなくとも藍のところにふらりと遊びに来たり、最近はどうだと電話で気遣《きづか》ってくれることもしょっちゅうだったのに、この数ヶ月というもの、ぴたりと連絡《れんらく》がない。

「そういう大変なときに、プライベートのことで相談はできないかなって」

『だからって俺に言われても、知るかよ。俺が色恋沙汰《いろこいざた》、得意なわけねえだろ』

「……すみません」

吐《は》き捨てた言葉はもっともだが、さりとてひとり抱えこむには持てあまし、つい佐倉に頼ってしまったのだ。

とはいえ佐倉もまた、藍に対して過保護であるのは、知靖や弥刀と変わりはないらしい。

『おまえ、ガッコではどうなんだよ。誰かそういう相談できるダチとかいねえの？　つーか、ちゃんとトモダチ作れたか？』

「はい、なんとか。三沢さんって、女の子なんですけど、仲良くなりました」

まるで小学生を気遣うような言葉に情けなくなりつつ、自身が世間知らずなのは重々承知の藍は、特に反論はしなかった。しかし、佐倉はその答えに『オンナ？』と微妙な声を出す。

「なにか、変ですか？」

『あ、いや。一之宮とオンナの取り合わせってのが、絵面浮かばねえと思っただけだ』

その名前で呼ばれるのはひさしぶりだと思う。靖彬の養子になって以来、藍のことをかつての姓《せい》で呼ぶのはすでに、佐倉くらいになってしまった。

『まあ、どうせ面倒見られてんだろ。そういう意味では、オンナのほうがおまえにはちょうどいいかもな』

「……佐倉くんまで、そんなこと言わないでください……」

『までって、なんだよ』

なにげなく呟《つぶや》いた反論だった。しかし佐倉は言葉尻《ことばじり》に引っかかったかのように、問いかけてくる。藍は拗《す》ねたように言った。

「さっきも、知靖さん、暇《ひま》なら三沢さんに面倒見てもらえとか言ってたんです」

『おい、志澤さん、そのオンナのこと知ってんのか？』

「……そうですけど？　一度、大学まで迎《むか》えに来てもらって、そのときに」

藍が簡単にその場のやりとりを説明すると、なぜか電話の向こうの佐倉は、うんざりしたような声を発した。

『あのなあ。おまえ、鈍《にぶ》いにもほどがあんだろ。それだよ、それ』

「な、なんでですか。それって、どれですか」

話が見えないと藍が眉《まゆ》を寄せると、佐倉は『ばか』と吐き捨てた。

『じゃあ訊《き》くけど。志澤さんが帰ってこなくなったり、おまえにあんまりかまわなくなったの、いつごろからだ』

「えと……フレームを工房《こうぼう》に見に行ったあとから、お休みがほとんどなくて……あっ」

あらためて問われ、藍が記憶《きおく》をたどると、たしかに優衣と彼が遭遇《そうぐう》したあの日以来、知靖とのプライベートな時間がなくなっているのだと気づかされた。

だから鈍いと言うのだと、佐倉はため息まじりにたたみかけてくる。

『おじさま呼ばわりにデートだろ。そりゃ、志澤さんにしてみりゃ、宣戦布告かって感じじゃねえかよ』

「三沢さんは、そんなつもりはまったくないです。ただのおともだちで」

『んなこたあ、その程度の会話でわかるもんかよ。だいたいあの過保護なひとの思考をトレースすりゃ、見えるじゃん』

指摘《してき》されると、ぐうの音も出なかった。そもそも年齢《ねんれい》差だとか、藍の世間知らずなところを誰よりも気にしているのは知靖なのだ。

——きみはあんまり、世界を知らない。俺と弥刀をはじめとして、その周囲にいる人間くらいしか、関《かか》わっていない。そういう狭《せま》いところで選択《せんたく》させてしまっていいのかとも、思っている。

ひどく迷いながら、言葉を選んだ知靖の声がよみがえってくる。藍にとってはもう、ずいぶんと遠いあの日の記憶。いまさらのことだと忘れていたそれを、まだあの恋人《こいびと》が気にしていたのだとしたら、どうだろう。

新しい環境《かんきょう》、新しい知りあい。そういう世界に足を踏《ふ》み入れた藍の選択肢《せんたくし》が拡《ひろ》がることを、彼がじっと見守ろうとしているのだとしたら？

「そんなの……違《ちが》うと思う」

藍はどこにいても、誰と出会っても、知靖を選ぶ。そんなことさえまだ、わかってもらえていないのかと思えば愕然《がくぜん》とした。すうっと血の気が引くような気さえして、そんなのおかしい、ともう一度呟くと、佐倉が低い声を発した。

『俺にどうこう言う前に、話しあえよ』

「でも、そんなの、勘違《かんちが》いだったら恥《は》ずかしくないですか」

納得《なっとく》はいくが、うぬぼれがすぎる気がしないでもない。だいたいどう切り出せばいいのかと惑《まど》った藍の耳に、ついに佐倉の怒声《どせい》が響《ひび》いた。

『……その前になあ。ダチに、彼氏がセックスしてくんねえって相談する恥ずかしさを、ちったあ自覚しろよおまえは！』

「あ、ご、ごめんなさいっ」

『ごめんで済んだら警察はいらねえって何度言えばわかるんだ。俺の就職先がなくなっちまうじゃねえかよ！』

ひさしぶりにキレた佐倉の怒鳴《どな》り声にひたすら平身低頭しつつ、もつれていた糸の端《はし》が摑《つか》めたことに対し、藍はとても感謝した。

だが、見えてきた事実は、あまり喜ばしいものではなく、藍の眉は電話をかける前以上に、歪《ゆが》んでしまったのだ。

＊　＊　＊

佐倉と電話で話してから、藍は何度か知靖と会話する機会を持とうと働きかけた。だが事実として多忙《たぼう》でもある彼はなかなか捕《つか》まらず、もどかしいようなすれ違いは続いている。日を置くと、あの日見えたような気がしたわだかまりの理由がやはり自分の考えすぎだとか、すぎたうぬぼれのような気もしてきてしまい、藍は鬱々《うつうつ》とした日々をすごしていた。

「——志澤さん」

「あ……はい、なんでしょう？」

自分を呼ぶ優衣の声に、はっと藍は我に返った。とっさに愛想《あいそ》笑いを浮《う》かべてみせると、彼女は呆《あき》れたように目をまるくする。

「なんでしょうじゃないですよ。いつまで固まってるんですか？」

「え？」

指摘されて周囲を見まわすと、大教室のなかはほとんどの人間がいなくなっている。

板書を写す手も止まっていて、講義を終えたというのに、ぼんやりとしたまま立ちあがりもしない藍を訝《いぶか》しんだらしい。

「どうしたんですか？　このところ、元気ないですね。なにかありました？」

「ちょっと考えごとです。心配かけて、すみません」

笑う顔が歪んでしまって、いやだなと藍は思った。優衣はなにも悪くないし、まったく関係ないと言ってもいいのに、彼女と話すことをためらってしまう自分がいるからだ。

「また、ため息」

「すみませ……」

「謝らなくていいから、元気出してくださいよ。そうだ、今日こそ行きません？　例のギャラリー喫茶《きっさ》。いま、新作スイーツが出てるんですよ」

励《はげ》ますように、軽《かろ》やかに肩《かた》を叩《たた》いてくる優衣を、藍はじっと見つめた。

「なんですか？」

彼女は、こんなにも邪気《じゃき》がない。それだけに変な気まずさを覚える自分がひどく情けないとも思う。いささか混乱した気分のまま、藍は問いかけてみた。

「どうして三沢さんは、ぼくを誘《さそ》ってくださるんでしょうか」

「え？　おともだちだから。それに志澤さん、甘いもの好きでしょう？　あたしもそうだし、趣味《しゅみ》が同じひとと一緒《いっしょ》に行くほうがいいじゃないですか」

けろっとした答えに、そうだよな、と藍もうなずく。そのまましばし考えこむ藍を、優衣は不思議そうな顔で眺《なが》めていた。くるりとまるい、小動物のような目。じっと見られると、なんだか胸にわだかまるものを隠《かく》してはおけず、藍は思わず口を開く。

「あの。じつはぼく、つきあっているひとがいるんです」

藍としては思いきっての発言だった。しかし優衣は、少しも動じた様子はなく、なるほどとうなずく。

「ふうん。やっぱり」

「え、や、やっぱり？」

「ときどき、志澤さん、やたら色っぽいことがあったので。恋してるのかなあとは思ってました」

にこにこと笑いながら言われ、藍は真っ赤になる。前々から、佐倉などに『おまえはわかりやすすぎる』と指摘されてもいたが、あらためて言われるとかなり恥ずかしい。

「あー、もしかしてカノジョさんに、ほかの女の子と出かけるの妬《や》かれたりしました？　それでさっきの質問ですか？」

「いえ。そういうわけではないんですけど、ただ……ぼくが、勝手に気にしてるだけです」

思えば優衣にもずいぶん失礼なことかもしれない。ただのともだちであるというのに、変なふうに考えすぎているのは藍のほうなのだ。あわてて詫《わ》びようとすると、優衣はにっこりと笑った。

「勝手に気にしてるってわけでもないと思いますよ。あたし、志澤さん好きですから」

「……え？」

「一応、地道なアプローチのつもりだったんですけどね。まあ、誰かいるんだろうなあとは思ってました。残念だけど、しょうがないし。これからもおともだちでいいですか？」

あまりにあっさりした告白に、藍は一瞬《いっしゅん》意味を摑みあぐねてしまった。ぽかんとした顔をしていると、優衣は笑い出す。

「やだ。もしかしてほんとに気づいてなかった？　牽制《けんせい》されたんじゃなかったんですか」

「え、いえ、まったく……ご、ごめんなさい」

あわてて立ちあがり、思わず頭を下げた。あたふたする藍があまりにおかしいのか、優衣はきゃらきゃらと笑うばかりだ。

「そこまで困らないでくださいよ。あわよくばって程度だし、気にしないでいいです」

「で、でも、なんで、ぼくなんか……」

「なんか、はやめてくださいね。これでも一応カノジョになってはみたかったので」

言われて、藍はさらに「すみません」と頭を下げる羽目になる。まさかの事態にどうしていいのかもわからずにいると、優衣は笑いながらも困ったように眉《まゆ》を下げた。

「あたしね、じつはめちゃくちゃ、ガラ悪いんすよ。一年前はギャルサーとか入ってたし、夜遊びばりばりで、もっとギトギトしてたっちゅーか、アホだったたっちゅーか」

あ、素《す》が出ちゃった、と舌を出す優衣は、ナチュラルメイクでファッションもさほど尖《とが》った感じではない。ぽかんとしたままの藍に、「そういうのは卒業したんですよ」と笑う顔も、十八にしては子どもっぽいくらいだ。

「でも、トップの子みたくモデルでばりばりやってく、とかそういう気概《きがい》もなかったし。高校に戻《もど》ると半端《はんぱ》にまじめぶってたりして、ほんっと中途半端《ちゅうとはんぱ》で、この大学にも、ぶっちゃけ適当に入ったんですけど……大学入って、志澤さん見つけて、びっくりした」

ほんの数ヶ月前の出会い。たまたま同じ授業を取っていただけの藍を見たとたん、優衣は衝《しょう》撃《げき》を受けたのだと言った。

「わあ、このひと、きれいだなあと思ったんです。本物だって。一緒にいると、あたしもきれいになれるかなあって」

「ぼく、なにも、そんな……」

いったい自分のなにが、優衣に訴《うった》えかけたのか少しもわからない。戸惑《とまど》う藍に、彼女は「だからいいんですよ」と言う。

「志澤さん、顔きれいなのに、ぜんぜんそういうの気にしてないでしょ。おまけに話してみたら、年上で、変わってて。なんだろ、なんか、自然体？　みたいな。本当にそういう、自然なひとってあたし、はじめて見た」

過剰《かじょう》な自意識を隠すようにメイクをして、ファッションで武装して、流行を追いかけまわす生活に厭《あ》きと疲労《ひろう》を覚えていた優衣には、藍の姿が目新しかったのだそうだ。

「誰かの目とか意識して、情報に引きずられてる時間が長かったから。そうじゃないひとと一緒にいたいなあと思いました。で、カノジョは無理そうだけど、これからもできれば、仲良くしたいです」

「三沢さんは、それで、いいんですか？」

「いいですよ？　いけませんか？」

「いけなくは、ないんですけど」

あまりにあっさりとした告白と、ある種自己完結している優衣についていけない藍が問いかけると、逆に小首をかしげられた。

「告っておいてなんですけど、まだそこまでハマってたわけじゃないから。そんなに引かないでくださいよ」

「そ、そうですか」

微妙《びみょう》なコメントに、藍もまた眉を下げる。情けない表情に優衣は吹《ふ》きだし「やっぱりいいなあ」と眩《まぶ》しそうに目を細めた。

「やっぱ残念かも。志澤さんがカレシになってくれたら、すごく一途《いちず》に思ってもらえそう。カノジョも、すごく大事にしてるでしょ？」

「え……ど、どうしてですか」

「だって、あたしが『好き』って言って、応《こた》えられないこと、すごく悪いと思ってるでしょ。そういうふうに、志澤さんは、ひとを好きになるんだろうなと思ったから」

そういうのいいねと言う優衣のあっけらかんとした態度に、面《おも》はゆさを覚えた藍は赤くなる。耳まで染まるそれに「カワイー」とまた笑った優衣は、藍の肩をいつものように軽く叩いた。

「ま、とりあえず、いままでどおりにしてください。で、悪いと思うならこれから、新作スイーツおごってくださいよ」

「わ、わかりました」

話は終わりと告げる優衣が交換《こうかん》条件を出してきたのは、おそらく藍にこれ以上の気を遣《つか》わせまいとしてのことだろう。

ありがとう、と口に出さないまま微笑《ほほえ》んでみせると、優衣は「がっつり食べますよ！」と宣言して、藍の腕《うで》を引っぱったのだ。

＊　　　＊　　　＊

優衣のお目当ての店で、ふたり揃《そろ》って新作と名のついたスイーツ類を山のように食べたその夜、藍は居間で知靖を待っていた。

【話したいことがあります。今日は、お帰りになるまで、待ってます】

優衣と別れたあとに送信した短いメールに、仕事に追われる彼が気づいてくれるかどうかは賭《かけ》だった。だが、もし徹夜《てつや》する羽目になったり、あるいは知靖が今日帰宅しなくても、待っていればいいと思った。

仮眠《かみん》を取る場所はいくらでもあるだろうが、最終的に知靖が戻ってくるのはこの部屋だ。待ってさえいれば、必ず会える。あたりまえのような事実が、藍にとってはせつないほど大切で、救いでもあるのは、かつていつ戻るかわからない彼を待ち続けた経験のせいもあるだろう。

(あのときに比べたら、平気)

思い返せば、出会いから本当にいろんなことがあった。そしていつのまにか穏《おだ》やかさに慣れてしまった。ささやかなすれ違《ちが》いが気になるようになったのは、贅沢《ぜいたく》なことでもあり、また平和でいるということなのだ——と、いまさらながらに藍は実感する。

来週提出しなければならないレポートの下案を、大学に入ってから購入《こうにゅう》したノートマシンに入力していると、玄関《げんかん》のほうで鍵《かぎ》の開く音がした。時計を見るともう深夜に近い時間で、ふだんは早寝《はやね》の藍だが、少しも眠《ねむ》くはならなかった。

「おかえりなさい」

「……ああ、ただいま」

玄関まで出迎《でむか》えると、知靖は少し緊張《きんちょう》したような面持ちだった。急いで帰ってきたのだろう、端整《たんせい》な顔には疲労の濃《こ》さが滲《にじ》んでいる。

「メールに気づくのが遅《おそ》くなってすまなかった。なにかあったのか？　返事をするより帰ったほうが早いと思ったんだが……」

「いまお話しします。その前に、お茶でも淹《い》れますね。居間で待っててくださいますか」

「ああ、それはかまわないが」

心配顔の恋人《こいびと》に微笑んで、藍は台所へと向かう。知靖は腑《ふ》に落ちないような表情を浮《う》かべたが、それでも藍が待てといったせいか、追及《ついきゅう》することはなかった。

靖彬が送ってくれた静岡《しずおか》産の銘茶《めいちゃ》を丁寧《ていねい》に淹れ、知靖の待つ居間へと戻る。彼のとなりに腰《こし》かけ、甘みのあるそれで藍も唇《くちびる》を湿《しめ》らせたあと、知靖の顔を見ないままに言った。

「今日、三沢さんに告白されました」

「……そうか」

動揺《どうよう》も見せずにうなずくあたり、彼は予想していたのかと知る。そのことは藍にとってひどく苦かったが、表情にはのぼらせないまま、しかしこれは聡《さと》い彼でも予想はつくまいと思いながら、言葉を続けた。

「――で、これからもともだちとして仲良くしてくれと頼《たの》まれました」

「え？」

案の定、知靖は面食《めんく》らったような顔をする。藍は、困ったひとだと苦笑《くしょう》した。

「つきあっているひとがいることも言いました。あなたのことだとは言っていません。でも三沢さんは、ぼくに恋人がいるだろうことはわかっていたとおっしゃいました」

　言葉を切り、そこで藍はまっすぐに知靖を見つめる。なにごとにも動じないはずの男は、藍の言葉に、わずかながらでも揺《ゆ》れている。

「これからも、彼女とは仲良くすると思います。けれど、知靖さんと同じようなおつきあいをすることだけは、絶対にありません」

「藍、それは……」

「知靖さんが、なにを心配なさっているのか、少しは想像がついているつもりです。でも、それでぼくを避《さ》けたり、変に心配して距離《きょり》を置いたりしようとするのは、やめてくださいませんか」

　きっぱりと目を見て告げると、知靖は無言で目を伏《ふ》せた。そのかすかな反応が、藍の予測が間違いではなかったと知らしめる。苦い顔をする知靖を見つめ続けていると、彼は深々と息をついた。

「藍に対して、俺はいつまでも、同じようなことを繰《く》り返すな」

「そうですね」

　肯定《こうてい》したのは、もうそろそろこんなループからは抜《ぬ》け出したいと藍が強く思っているせいだ。

　思いのほか、きっぱりとした態度の藍に知靖は目を瞠《みは》り、力なく笑う。

「本当に成長するな。だからこそ、俺が情けなくも、不安にもなるんだろうが」

強くなった。呟《つぶや》くような声を発した知靖の表情に不安を覚え、藍は眉根《まゆね》を寄せる。

「それは、どういう意味ですか？」

「言葉のとおりだ。三沢さんと藍が一緒《いっしょ》に歩いてきたのを見たとき、本音を言えばかなり焦《あせ》った。とても……自然に思えて」

「ぼくは、知靖さんといるときの自分だって、自然だと思っています」

言葉尻《ことばじり》にかぶせるようにして、藍は告げる。そんな藍を、どこか眩しそうに、それでいて少しせつなげに知靖が見つめるから、もどかしさばかりが募《つの》った。

「それでも、だ。藍は、ああいう同年代の女の子と接触《せっしょく》しない時期が長かっただろう」

さまざまな事情から、中学の途中《とちゅう》で学校というものに通うことをやめざるを得なかった藍のことを、知靖が誰より案じているのは知っていた。出会ったころには少し厳しく、関係が深まってからも幾度《いくど》か、小言じみた言葉をもらってもいた。

だが、基本的なところを失念してもらっては困ると、藍は目をつり上げる。

「知靖さん。ぼく、受験の前には永青学習塾《えいせいがくしゅうじゅく》にも通っていました。そこでは女の子もむろんいましたし、弥刀さんのお手伝いをしていたときにも、いろんなひとに会っています」

「それは、そうだが」

「もう、知りあったころの、狭《せま》い世界にいたころの、ぼくじゃありません。それでも、知靖さんと一緒にいたい気持ちはなにも変わっていません。それをどうして、信じてもらえないのか、わかりません」

自分で口にした「信じてもらえない」という言葉がぐさりと胸に突《つ》き刺《さ》さる。藍はじわっと熱くなった瞼《まぶた》を伏せ、唇を噛《か》んだ。

「悪かった。信じてないとか、そういうつもりはいっさいない」

藍の強《こわ》ばる肩《かた》に、世界でいちばん大好きな大きな手のひらが触《ふ》れる。先日のように、おずおずとした接触ではなく、ぐいと胸に引き寄せられたのが嬉《うれ》しかった。

「ただ、藍は、自分のセクシャリティを決める前に、俺に出会ってしまった気が、どうしてもしていたから。そのせいで、いらない気を回すんだ。俺は……女性に対しては、まるで、そういう気になれないから」

ヘテロセクシャルの可能性を持つ藍が、もしも誰か、似合いの女の子を見つけてしまったら。そのとき、どういうふうに気持ちが動くのか、まるで想像がつかないのだと知靖は苦く笑った。

その笑みが、藍にはたまらなく哀《かな》しく思える。

「知靖さん、想像もつかないくらい、おんなのひと、いやなんですね」

「そうだな。人間的な意味で接すれば、好感のもてるひとはいる。だが、恋愛絡《れんあいがら》みになると正直、思考が拒否《きょひ》するくらいだ」

苦い肯定に、藍は顔を歪《ゆが》めた。

「どうしても、だめなんですか？」

ずいぶんと突っこんだ質問を、この日の藍はようやく口にした。いままではさすがに失礼かと思って問えなかったのだが、この強い男がそこまで苦手とするものがある、という事実にも、藍はどうしても納得《なっとく》がいかない。また、生まれながらの嗜好《しこう》というには、拒絶《きょぜつ》がひどい気がした。そして藍のそんな問いかけに、知靖はひずんだ声を発した。

「俺の、はじめてのセックスの相手は、引き取られた先の伯母《おば》だった」

「え……」

衝撃《しょうげき》的な言葉に、藍は愕然《がくぜん》とする。色をなくした藍の顔を、知靖は複雑そうな笑みを浮かべたまま見つめ、逃《に》げないでくれというようにそっと手を握《にぎ》った。

「中学のときだったか。寝《ね》ている間に妙《みょう》な感触《かんしょく》がして、わけもわからない間に——」

そこからさきは言わなくてもいいと、藍は知靖の唇をとっさに手のひらで塞《ふさ》ぐ。

「いやなことを、思い出させてごめんなさい」

青ざめたまま、震《ふる》える小さな声で詫《わ》びると、彼は苦笑してかぶりを振《ふ》った。

「まあほかにも、父や弟があまりの放蕩《ほうとう》ぶりで——その結果が俺、というわけだからな。なんとなく、苦手になって、こうなった」

それは、なんとなくというレベルではないだろう。思いがけず抉《えぐ》ってしまった彼の疵《きず》に、藍はもはや言葉をなくしてしまう。その頬《ほお》をゆっくりと撫《な》で、知靖は呟いた。

「だからわからないんだ。健全そうな、明るい女の子と恋《こい》に落ちる。それがどんな気分で、感情なのか、俺には想像もつかない。ただ、藍がそういうふうにしたいのであれば」

言葉を切って、彼はさらに藍の身体《からだ》を抱きしめた。

「俺が、その邪魔《じゃま》をするべきじゃないだろう、とは思っている」

強い力が、紡《つむ》ぐ言葉と裏腹の心情を伝えてきて、藍もまた広い背中に腕《うで》をまわす。

「邪魔、してください。こうやって、捕《つか》まえててほしいです」

「……きみがそうだから、困るんだ」

ふっと漏《も》れた吐息《といき》が、藍の髪《かみ》を揺らす。体温がゆっくりと混じりあい、同じ温度になっていくような抱擁《ほうよう》のなかで「本当にいいのかと、いつも迷う」と知靖は言う。

「俺がいいと言ってくれることが嬉しい反面、どうしても、それでいいのかと思うよ」

「どうして、ですか？」

「昔のろくでもない自分を、忘れてない。そんな俺が、藍を手に入れていることが、分不相応にも思えることがある」

知靖らしくもない、自嘲《じちょう》の混じった呟きに藍は今度こそ驚《おどろ》いた。目を丸くして彼を見あげると、幾分《いくぶん》かやわらいだ、それでも眉を寄せたままの彼が、微笑《ほほえ》んでいる。

「きみに知られたら、顰蹙《ひんしゅく》を買いそうなことも山ほどある。きらわれるかもな」

「きらいません。そんなこと、あり得ません」

見くびってもらっては困ると、藍はいささかきつい表情を作った。

「もしも知靖さんが、いま、ぼくとこうしているのに浮気《うわき》をなさったり、ぼくより好きなひとができたら、それは哀しい。傷つくと思います。でも、そうじゃないなら、過去のことなら、いいんです」

藍はその雰囲気《ふんいき》から繊細《せんさい》で傷つきやすいと思われがちだが、自分では相当に神経が太い気がするのだ。それからこれは祖父、清嵐の教えもあって、ただ闇雲《やみくも》な不安をかきたてるだけの想像をし、勝手に落ちこんだりするという精神活動を、あまりしない。

むろん、人生には悲愴《ひそう》な出来事や、悪意や、望んでもいない悲劇的な事態があることも知っている。過去のあやまちによって引き起こされる憎悪《ぞうお》や妄執《もうしゅう》にもまた、直面した。

そんな折、藍がいつも胸のなかで繰り返したのは、清嵐の遺《のこ》した言葉だった。

――それでも、明日のことは、明日のこと。

――本当におそろしいのはひとの心さ。あっという間に変わるのも、あっという間に化けるのも。

うつろう、ひとの心だけは手に負えない。だからこそ、あるがままに目の前の現実を見すえ、けっして揺《ゆ》らぐな。愚鈍《ぐどん》に神経を摩滅《まめつ》させるのではなく、しなやかに強くあれ。自然のなかで育てられ、清嵐に学んだそれらのおかげで、藍はいつでも自然体だ。

だからこそ、直球な問いかけもできる。

「それとも知靖さん、いまもおつきあいのあるひとが、いらっしゃるんですか？」

「いや、そういう意味では、誰もいないが」

だったらいいじゃありませんかと、藍は屈託《くったく》なく笑った。

「出会うのが少し、ぼくは遅《おそ》かったので。その間のことまでなじる権利はありませんし、かつておつきあいがあったひとのすべてを、憎《にく》むわけにもいかないでしょう？」

「……誰と、どんなことをしていてもか？」

「だって実際、その方たちのお名前も顔も、ぼくは存じあげませんし」

かつて知靖がつきあったという相手の、顔も名前もわからない。その状態であれこれと想像を巡《めぐ》らせ、疑心暗鬼《あんき》に陥《おちい》るほど、藍は愚《おろ》かではない。そう告げたとたん、知靖の顔が、ほんの一瞬《いっしゅん》歪《ゆが》んだ気がした。その瞬間、藍はひとつの確信を持って、知靖へと向き直る。

「どなたですか。ぼくはそのひとに、お会いしたことがありますか？」

「言いたくない」

否定ではなく、返答の拒否。そして本当にめずらしいことに、彼のほうから目を逸《そ》らしたことで、藍はむしろ居住まいを正す。

「……知靖さん？」

穏《おだ》やかに名前だけを呼び、そこまで言ったなら言いなさいと目顔で告げると、知靖は静かにため息をつき、唇《くちびる》を結んだ。

藍は藍で、導かれる答えがひとつしかないことに、少なからず衝撃を受けていた。

（あのひとのこと、だよな）

藍と知靖の関《かか》わりのなかで、共通の知人はあまりにも少ない。そのうえで、彼と関係のある大人《おとな》で、なおかつ現在もつきあいがあり、藍とも面識があるといったら、たったひとりの名前しか浮《う》かんでは来ない。

「答えていただけませんか」

震えそうな声をこらえ、できるだけ静かに問うと、知靖はあいまいにかぶりを振った。

「驚くだろうし、ショックを受けるかもしれない。だから言いたくないし、気づかなかったことにしてほしいというのは、卑怯《ひきょう》か？」

「卑怯とは思いません。でも、気になります」

微妙《びみょう》な反応に心穏やかではなかったが、ここで藍が取り乱せば、彼はもっと複雑になるだろう。そして二度と、弱い部分や過去を見せまいとするだろう。

藍にもわかっているのだ。おそらく知靖は、そうした隠《かく》しごとを完璧《かんぺき》に、死ぬまで守りとおせる器量はある。だが、それによって彼が感じる負荷《ふか》を思うと、胸が苦しい。その半分でも自分に預けてくれないかとも思う。

ならば、これはいっそ藍が言葉にしてしまおう。そのほうが、きっと、いい。

「それって……弥刀さん、ですね？」

無言は肯定《こうてい》だった。ため息をつき、藍は目の前の恋人《こいびと》に手を伸《の》ばす。うなだれるなどと、似合いもしない姿をいつまでもさせておきたくはないから、端整《たんせい》な顔をそっと撫で、できる限りやわらいだ声を発した。

「驚きました。正直に言えば、あまり想像がつきませんけど」

言いながら、藍は少しだけ嘘《うそ》かもしれないと思っていた。

どこまでも涼《すず》やかな目の前のひとに、まるで尽《つ》くすような弥刀の存在が不思議になったこともある。飄々《ひょうひょう》とした大人の男は、なぜそこまで知靖のために動くのだと問えば、体育会系部の後輩《こうはい》だから——などと言って、ごまかしたけれど。

「言い訳がましいが、恋愛《れんあい》感情はいっさいなかった。ただ、俺が……ぼろぼろだったその時期に、助けてもらったことが、ある」

女性に対して嫌悪《けんお》を拭《ぬぐ》えない経験をした当時の知靖は、まだ幼さの目立つ容姿をしていたはずだ。背こそ高かったけれど、十代のはじめの彼は危《あや》うげで、男女問わずいくらでも誘《さそ》いはあっただろうことは、藍にも容易に想像がつく。

「いろいろ自棄《やけ》だったのも否《いな》めない。それくらいなら憂《う》さ晴らしにはつきあうと、弥刀が」

「もう、いいです。よしましょう」

藍はそっと手をかざし、恋人の形いい唇に指をあてた。そうして腕を伸ばし、男の頭を胸元《むなもと》に引き寄せ、抱きしめる。

「悪い。いやな話をした。不快だろう」

「そんなことはありませんし、なにも不愉快《ふゆかい》じゃありません」

聞きたくないのではなく、これ以上言わせたくなかった。濁《にご》った過去を吐《は》き出すたび、彼の顔色が少しずつ青ざめていくのに気づいたからだ。黙《だま》りとおすことでつらくなるなら、いっそはっきりさせたほうがいいと思っただけで、彼の過去をねちねちと追及《ついきゅう》したかったわけではないのだ。

藍は、知っている。この恋人はひどく硬質《こうしつ》で強く、それゆえに芯《しん》の部分にある脆《もろ》さを、自分でも気づかないし、周囲の人間にも悟《さと》らせない。大きすぎるものを抱《かか》えて苦しんでいても、気づかずにいれば痛みもないと、そうしてやりすごしてきたはずだ。

ときどき、自分がそれを暴《あば》いてしまったのだろうかと悩《なや》むこともある。だがそれならば、日にさらしてしまった痛みを大事に抱きしめるのも、藍の役目だと思うのだ。

義務ではなく、そうしたい。自分以外の何者にも癒《いや》されてほしくない。

「言ったでしょう？　昔のことなら、なにも気にしません」

「相手が、弥刀でもか」

「ぼくにはわからないようなつながりが、弥刀さんと、知靖さんにはあると思います。出会ったのだって、二十年近くも遅い。あのひとに勝とうとか、考えたこともないですし、勝ち負けではそもそも、ないでしょう？」

――やさしくしてあげて。

藍のような子どもに、眉を下げて頼《たの》んだ弥刀はきっと、もっとずっと幼く脆い恋人の姿を知っている。それが苦いと思っても、藍にはどうしようもない。

過去は取り戻《もど》せないことを、藍はたぶん誰よりも知っている。自身の生まれた時点から、さまざまにねじれた感情と思惑《おもわく》が存在し、そのどれもが、うつくしいばかりではなかったことも。

——信頼《しんらい》など、愚かしい。愛など幻想《げんそう》だ。そんなものがどれほどに脆いか、きみは若くて、なにも知らない。

藍をそうしてあざけった、老画商の声はまだ耳になまなましい。ときおり悪夢にうなされることも、ないわけではない。だが、藍はあのとき、こう答えた。

——壊《こわ》れたらもう一度作ります。それにそうと信じていれば、簡単には壊れません。

まっすぐに、臆《おく》さずに言った言葉を若さゆえの無知としたくないし、するつもりもない。藍にとってはただ、それが本心であり、真実なのだ。

「ぼくは、あなたのことが好きです。それはきっと、変わりません」

「藍……」

「それにもう、知靖さんが遊んでいらしたことは、知っていました。お相手が誰でも、それは変わりません」

そもそも、藍が知靖をそういう意味で意識するようになったのは、弥刀に、彼がいろいろな男性と大人の関係を持っていたと聞かされてからだ。

知らずにいて、いま打ち明けられたのならばともかく、前提としてそれがある以上、なにが問題なのか、なにを彼が気にするのか、藍にはよくわからない。そう告げると、知靖はじつに複雑そうな顔をした。

「きみの心が広いのは、ありがたいと思うが、嫉妬《しっと》もしてもらえないというのはいささか苦しいかもな。情けないことを言う男だと笑ってくれていいが」

苦笑《くしょう》する知靖に、藍はけろりと言った。

「嫉妬ですか？　しています」

「え？」

「悔《くや》しいです。昔の知靖さんを知っている方たちに……ぼくと、同じようなことを、あなたにされたひとに、嫉妬はします」

そこまでできた人間ではないと、藍はさすがに顔をしかめた。驚《おどろ》いたような顔をするのも憎《にく》らしく、ちらりと恋人を睨《にら》む。

「それにぼくが最初に、抱《だ》いてほしいと言ったのは、あなたをあのとき、ほかの誰にも獲《と》られたくなかったから」

誰よりやさしくして。笑いかけるなら自分だけにして。そのきれいな目に、誰も映さないで。

必死で希《こいねが》ったそれは、不器用な言葉と未熟な気持ちのせいで、少しいびつに伝わってしまったけれども、まぎれもない藍の本音だ。

「藍……」

眉根《まゆね》を寄せ、知靖は苦しそうに名を呼んだ。彼のこんな悩ましい顔をいったい何人のひとが見たのだろうと思えば胸が焦《こ》げるように苦しい。それでもこのひとのすべてが欲しいと思うから、痛みごと全部、藍は呑《の》みこむ。

「ぼくは、心、広くなんてないですよ？　いつも、我慢《がまん》しています。知靖さんにいやな顔を見せたくないから。それで、あなたのすることに、いやな口出しをしたくないから」

そこまで、見苦しいものを知靖に見せたくなかった。そして――きらわれたくなかった。

じんわりと涙《なみだ》を浮かべた目を、指先で押さえる。話したくはないと顔を歪《ゆが》めた彼に、言ってくれとせがんだのが自分である以上、もうこのうえ繰《く》り言《ごと》は口にしたくなかった。

「どんなことがあったって、大好きなんです。それだけです。本当に、それだけ」

言葉を切って、藍はじっと、壁《かべ》にかけられた絵を見つめる。うつむき加減の構図、荒《あら》いタッチで顔立ちすらはっきりとしない母は、それでも慈愛《じあい》に満ちた視線を幼子に注いでいるのがわかる。

福田と父、衛のいきさつを聞いてから、藍はずっと不思議だった。あれほどの過去を抱えた父を、母はどうやって愛したのだろうかと。そしてのちに、靖彬から過去のいきさつを教えられた知靖が、それとなく教えてくれた言葉が、ずっと胸に残っている。

――わたしは衛を愛した。それだけで満たされます。

母のように、潔《いさぎよ》くなれたらいい。ひたむきにその絵を見つめ、自分をこの世に送り出してくれた強くやさしい女性に目を向けたまま、藍は内心呟《つぶや》く。

（……おかあさん）

ぼくはあなたのように、強く潔く、このひとを愛したい。

じわりと滲《にじ》んだ涙をまばたきで払《はら》い、藍は月明かりにぼんやり浮《う》かぶ絵から視線をはずし、苦しそうな顔をした恋人へと微笑《ほほえ》みかける。

「この絵を、知靖さんにあげようと思ったとき、あなたはぼくに、ちゃんと持っていなさいと、そして、両方大事にしてくれると、言ってくれました」

なによりも愛していると、抱きしめられ告げられたあのときをちゃんと覚えている。藍は濁りのない表情で、細い腕《うで》を伸ばした。

「あの言葉を、もらったから。ぼくはそれでいいんです」

「……きみは、どうして」

抱きしめるより早く、さらうように引き寄せられた。強く抱えこまれ、痛いほどの抱擁《ほうよう》のなか、知靖は深々とため息をつく。

「藍は、俺に甘すぎる」

「そうでしょうか？」

くすくすと笑って、藍は逞《たくま》しい腕を軽く叩《たた》き、少しだけ腕をゆるめてくれと告げた。

「それに、ぼくは知靖さんしか知らないのに、ずるいと思います」

「ずるいって、なにがだ」

怪訝《けげん》そうな知靖に対し、藍は「さっきのことです」と少しだけ眉根を寄せる。

「三沢さんはおともだちです。とてもいいひとで、でも、それだけ」

なのに妬《や》くなんておかしい。知靖にそう告げると、彼は苦笑するしかなかったらしい。

「俺は本当に、情けないな」

「というより、ぼくに失礼ですし、彼女にも失礼です」

情けない顔をする恋人《こいびと》の眉間《みけん》の皺を撫《な》で、これだけは言わせてもらうと藍はわざと鹿爪《しかつめ》らしい顔を作った。

「女の子でさえあれば、権利があるような物言いはよくありません。それに、ぼくが知靖さんを好きな気持ちは、ぼく以外の誰にも否定できません」

「……そうだな、悪かった」

詫《わ》びる言葉は、穏《おだ》やかな響《ひび》きだった。ようやく彼のなかのわだかまりがほどけたことを知り、藍もほっと息をつく。そして、今度は違《ちが》う意味で痛んだ胸を知靖に悟《さと》られまいと、逞しい身体《からだ》にしがみついた。

（ずっと、つらかったんですね）

知靖を知るたび、彼が抱《かか》えるすべての重さに、藍の胸は苦しくなる。同時に、それでも涼《すず》しい顔で強くあろうとする彼に、惹《ひ》かれていくのも事実だ。

痛みの多い過去があるからこそ、いまの知靖がいる。そしてあやまちや失敗を後悔《こうかい》している からこそ、藍をこのうえもなく大事にしてくれるのだろう。

ふたたび、藍は壁にかけられた父の絵を見た。そしてこの絵にこめられたあたたかな気持ちを、本当の意味で理解できたと思った。

(お父さんも、きっと、そうだったんだ)

浅からぬ因縁《いんねん》と、業《ごう》とすら言える情念を燃やした相手――福田から逃《に》げた一之宮衛も、きっと過去の痛みを抱えて生きていただろう。けれど、悔《く》いはないと綴《つづ》った手紙とともに、あの絵を藍に贈《おく》ってくれた。それは、さきに逝《い》った母への、なによりの愛情と感謝の心だったのではないのだろうか。

乳房《ちぶさ》を含《ふく》ませ、子どもを抱く母の姿を見つめながら、藍は恋人を抱きしめる。あの絵の母のようにやわらかな胸はないけれど、思いだけはきっと、同じほどの深さと強さで、藍のなかにもある。

十九で出会って、恋に落ちて、藍の身体も心も全部目の前の男にさらわれてしまった。

「……愛してます。知靖さん」

もらうばかりで、なかなか返せない気持ちを、せめてもと言葉に乗せて藍は捧《ささ》げる。

返された抱擁は、もはや言葉では追いつかないという知靖の心を表すように強く、ついで訪《おとず》れた口づけは――誰よりも藍を求めている男の苦しいほどの愛情を、教えてくれた。

＊　　＊　　＊

寝室《しんしつ》に向かったのは、どちらがうながしたわけでもない。なまめかしく水音を響かせ、息を荒らげる口づけをほどいたあと、無言のままお互《たが》いの手を取った。

シャツを脱《ぬ》ぎ、ボトムをおろして、口づけあいながら下着を取り去る。知靖の眼鏡《めがね》は、藍の手がはずした。脱がされるのではなく、自分の手で肌《はだ》をあらわにしていくという作業は、藍にとってどこか気恥《きは》ずかしくもあったが、同時にいままでのなかでもっとも穏やかな、はじまりの合図にも思えた。

ひどく強い興奮を覚えている。けれど同じほどに安心もある。なめした革《かわ》のような、はりつめた皮膚《ひふ》を手のひらでたしかめたあと、藍は広い胸に唇《くちびる》を押し当てた。

（どきどきしてる）

鼓動《こどう》が速いのは自分だけではないと知って、ほうっと甘い息がこぼれた。目の前の肌を軽く吸い、恋しいひとの身体の形をたしかめるように手を這《は》わせる。

「……こら、触《さわ》らない」

じゃれつくような藍の指を好きにさせてくれていた知靖だが、長い脚《あし》の間にそれが及《およ》んだときには、毎度ながらのたしなめる言葉を発してきた。

いつもであれば、真っ赤になって素直《すなお》に手を引っこめる藍だが、この夜は違う。ちらりと上目に知靖をうかがい——赤くなっているところだけはいつもどおりではあったが——逞しく脈打ちはじめたものを握《にぎ》りしめ、上下にそっとこすりあげた。

「よしなさい、藍」

「いやです」

今度はもう少し強く、たしなめられる。手首を摑《つか》まれ、引き剝《は》がされそうになるのを、藍は言葉と態度で拒《こば》んだ。

「触りたい。……舐《な》めても、いいですか」

しっとりとしたそれを両手で握りしめ、やさしく揉《も》むようにすると、ひくりと震《ふる》えて硬度《こうど》が増す。鋭敏《えいびん》な反応が藍には嬉《うれ》しいのに、知靖は憮然《ぶぜん》とした声を出す。

「きみがそんなことをしなければいけない義務は、ないんだ」

「義務なんかじゃないです。ぼくも、したい」

いやいやしているわけでも、変にサービスぶるつもりもない。ただ、触《ふ》れて愛したいのだと、藍はそこをやさしく撫でまわした。

「知靖さんが、いつも、その……口で、してくれるの、すごく好きです。だから、同じくらいに、ぼくも返したい」

「俺はいいんだ。それに正直、見ていて気持ちのいいものじゃないだろう」

「どうして？　だったらぼくだって同じです。それとも、知靖さんはいつも嫌々《いやいや》してくれてるんですか？」

男性器とは、突出《とっしゅつ》した内臓のようなものだ。ひどく敏感で脆《もろ》いし、見た目にもそううつくしいものではないのは誰しも同じだろう。

わざと藍が眉《まゆ》を寄せると、知靖は「そういう意味じゃないが」とさらに困った顔をした。

「知靖さんはお忘れかもしれませんけど、ぼくだって、欲求はあります。好きなひとに、……あなたに触りたい。それで、ちゃんと、気持ちよくなってほしいです」

「藍……」

「そんな権利はぼくには、ないですか？　いつまでぼくは、悪い大人《おとな》に手を出された子どもでいれば、いいんですか？」

追及《ついきゅう》すると、知靖はぐっと苦いものを飲んだような顔をした。

知靖の過保護さが、ときにもどかしい。大事に思われているのは嬉しいし、彼がそうしたいと言うのなら、一方的にあえがされるだけでも、本当はいい。

けれど、藍のほうもせつないくらい触れたいと、そう思っていることだけは知っていてほしい。

（お願いだから、わかって）

自分だけがなにもかもを引き受けているような、そんな思いこみは捨ててほしいのだ。

じんわりと濡《ぬ》れた目で見つめていると、根負けしたのはやはり知靖のほうだった。

「いいか、無理はするな。気持ち悪くなったらすぐにやめなさい。ひとによっては、トラウマになることだってあるんだ」

「なりません」

どこまで心配性《しんぱいしょう》なのだといっそおかしくなって、藍はくすりと笑った。

「ただ、はじめてで、ヘタだと思うから、教えてください」

どうしたらあなたが気持ちよくなれるのか、それだけが心配だと苦い顔の恋人に口づけ、藍はそっと身を屈《かが》める。

あえがずにいられないほどの胸苦しさをこらえ、恋人の性器に口づける。かつて幾度《いくど》も、大人な彼がしてくれた愛撫《あいぶ》を思い出し、差し出した舌でそこを撫《な》でてみた。

(汗《あせ》のにおいがする)

シャワーも浴びていないのにと、知靖はずいぶんためらっていた。いつもよりずっと彼のにおいが濃《こ》くて、けれど藍はそれに不快感を覚えるどころか、下肢《かし》の奥がずんと痺《しび》れるのを知る。

(しょっぱい……)

ちと、ちと、とおっかなびっくり先端《せんたん》を舐め、慣れてからはその全容に口づけを落とした。

ゆっくりと頭を撫でてくれる知靖の手にはまだためらいが感じられて、平気なのにと思うとおかしくなる。

「ここも、大好き、です……」

かすかな声で呟《つぶや》き、頬《ほお》を寄せたあとに下から舐めあげた藍は、ちらりと困惑《こんわく》顔の知靖を眺《なが》めて、口を開けた。

「……あまり無理に、くわえるな」

「んふ、む、う……ん」

精一杯《せいいっぱい》に口を開いてそれを迎《むか》え入れた藍に、知靖が案じるような声を出した。やめてもいいと頭を撫でられ、藍は上目遣《うわめづか》いで『いや』とかぶりを振《ふ》る。

口に含むと、やはり不思議な味がした。汗に混じった、えぐみのあるそれは正直、美味とは言いがたい。さすがに違和感《いわかん》も覚えたし、なにより予想以上の太さに口の端《はし》が痛いのだと驚《おどろ》いた。

（おっきい、んだ）

息は苦しい。なのに口腔《こうこう》はそれを舐《ねぶ》るたびにたっぷりと濡れていき、藍の身体《からだ》は奇妙《きみよう》な興奮に高ぶっていく。

「ん、ん、んん」

ちゃぷちゃぷと音を立てて顔を上下させたのは、恋人《こいびと》のそれを真似《まね》しただけにすぎない。口いっぱいのそれを歯で傷つけないようにするのが精一杯で、ただくわえて扱《しご》くだけの、なんの技巧《ぎこう》もない愛撫でしかなかったけれど、頭上からたまに荒《あ》れた息がこぼれるのを知ると、ぞくぞくした。けれど、それ以上に高ぶる気配もない知靖に、困ったのも事実。

「どうすれば、いいですか？」

濡れて汚《よご》れた唇もそのままに、藍は顔をあげる。きゅっと握りしめたそれを、もっと感じさせたいのに、なにをどうすればいいのか少しもわからない。

「教えてください。どうすれば、知靖さんは気持ちがいい？」

困ったとき、迷ったときに、惑《まど》いない指針となってくれた男を頼《たよ》るのは、こんな場面でも変わらない。それを少し情けなく思うが、藍は彼以外にこんなことを教わりたくない。

「……困った子だ」

淫《みだ》らで一途《いちず》な問いに、知靖は観念したかのように苦笑《くしょう》した。そして濡れた唇に指を含《ふく》ませ、頬の裏を撫でる。

「ここで、さきのところをこすってくれ」

「ふぁ、い」

「それから、吸って。たまに、舌で撫でる」

できるか、と囁《ささや》かれ、無言でうなずくしかなかったのは、口腔を撫でる指に感じてしまいそうだったからだ。ふたたび顔を伏《ふ》せ、言われたとおりに口を使うと、知靖のこぼす息が大きくなる。

ぞくぞく、する。

「藍、もっと……そこを」

「ん、んん？」

強く、と囁かれ、後頭部を手のひらで包んだ知靖の腰《こし》が軽く浮《う》くのを知った瞬間《しゅんかん》、藍も同時にびくりと震えた。すっかり涙目《なみだめ》になった目を向けると、じっと見下ろしている彼の顔が欲情に険しくなっているのを知る。

（あ、じんって、する）

全身の先端が尖《とが》った。触れられもしない乳首《ちくび》も、シーツに這《は》った脚の奥もきゅうっと強《こわ》ばり、空気に触れるだけでひりひりと痛い。知靖を感じさせているという状況《じょうきょう》だけでのぼりつめそうになっていた藍の胸に、長い指が不意打ちで触れ、小さな突起《とっき》をつねった。

「ウン！　あ、やだ……」

「もっとちゃんと、くわえて」

「んんんっ」

きゅうっと周囲の肉ごと乳首をつまんで揉《も》みこみながら、もうひとつの手が藍の小さな頭を引き寄せる。ずるりと口腔を進んでくるそれに一瞬むせ、それでも藍は唇《くちびる》を離《はな》さない。

吸って、舐《な》めて、唇でやわやわと刺激《しげき》する。次第《しだい》に大胆《だいたん》になる藍の口淫《こういん》に、知靖の引き締《し》まった腹筋がひくついているのが見えた。

「藍……藍、いやじゃない、のか」

「ん、ん、……やじゃ、ない、から、ぁ」

腰に抱《だ》きつくようにしながら、うながす手のひらにあわせて顔を上下させた。じわじわと舌を刺激する粘《ねば》った体液、飲みきれず滴《したた》っていく唾液《だえき》が知靖のそこをぐっしょりと濡らし、水音もだんだん派手に、間隔が短くなっていく。

(脈打ってる)

びくびくと震《ふる》えるそれを、敏感な唇で感じる。こんなふうに、いつも自分のなかでひくついているのかと思うと、背中にぞくぞくとしたものが走った。

(このひとに、これで、いつも……)

身体のいちばん奥を預けて、暴《あば》かれて、あんなに気持ちよくされている。思い出した感覚に、いよいよ身体の疼《うず》きは激しくなる。知靖がこねるようにする胸への刺激だけでは足りず、藍は無意識のまま、高ぶった自分の性器をシーツにこすりつけていた。腰だけを高く掲《かか》げた状態のそれが、男の目にどう映るのかなど、もはや藍にはわからない。

「まずい、もうよせっ」

「んんー……」

うわずった声を耳にして、藍はいっそう強くしがみついた。このままいっそ、最後まで。そう思ったのに、小さく舌打ちした知靖は強引《ごういん》に顎《あご》に手をかけてくる。

「……っ、藍、もう、いいっ」

「んうっ⁉　く、ぷはっ」

ぐっとこめかみを押され、痛みに口が開いたところで抜《ぬ》き取られた。急に吸いこんだ空気にひとしきり藍は噎《む》せ、そのまま顔をあげさせられたかと思うと、脇《わき》に手を入れられてこれも強引に身体を起こされた。

「あ、どう、して？　いや、でしたか？」

「そうじゃない」

ろれつがまわらず、べっとりと濡れた唇の周囲を知靖の長い指が拭《ぬぐ》い、口づけられると同時に藍はベッドに押し倒《たお》される。

「んぅ、ん、あふっ、あ！」

口腔に残った味もにおいも舐め取ってやるといわんばかりの、激しい口づけ。一瞬だけ冷めかけた意識があっという間に濁《にご》りを帯びたのは、知靖が重なった腰を淫らに揺《ゆ》らし出したからだ。

「……触《さわ》ってもないのに、こんなだ」

「やあ……」

そこが濡《ぬ》れているのが、知靖のせいばかりではないことなど、とっくに理解している。こすりあわされると、ねっとりとした音が響《ひび》いていたたまれず、逃《に》げるように顔を逸《そ》らすとうなじに食いつかれた。

「ん、ふ……」

脚《あし》を絡《から》め、首筋から鎖骨《さこつ》を這う唇を感じながら、広い背中を撫でまわす。湿《しめ》った息が肌《はだ》を熱くして、身じろぐ身体を長い腕《うで》できつく巻かれ、どこにもいくなと言われているようで嬉《うれ》しかった。

「ん——……っ」

形のいい頭を抱きしめ、指どおりのなめらかな髪《かみ》を梳《す》きながら薄《うす》い胸を吸われると、むずむずしたものがこみあげて腰が浮く。

(気持ち、いい)

ごく小さな突起は、この二年ですっかり感じやすくなった。なめらかな舌でやさしく撫《な》でられながら、もう片方を揉みほぐすようにされると、ああ、ああ、と声が出てしまう。口を離されるとひんやりと感じて、知靖の舌に濡らされた事実にあらためて思い至ると、かあっと頬が熱くなる。

そして、ふと思った。この構図はまるで、父の遺《のこ》した絵のようだ。

「……ふふ」

「なにを笑ってる?」

「いえ……こうして見ると、あの絵の姿によく似ていると思って」

少しだけ乱れた恋人の髪を撫でつけながらそう呟《つぶや》くと、知靖が鼻白んだ顔をする。

「俺は赤ん坊《ぼう》みたいってことか？　心外だ」

「そうじゃないんですけど、……あっ、や」

なおもくすくすと笑っていた藍は、いきなり性器をきつく握《にぎ》られ、「ああ！」と叫《さけ》んでびくりと腰を跳《は》ねさせた。

「待って、待ってください、まだ」

さすがに煽《あお》りすぎたかもしれない。焦《あせ》って知靖を仰《あお》ぎ見ると、少し危険な感じに笑っていて、その酷薄《こくはく》に映る表情にどきりとした。

「そんな考えごとをする余裕《よゆう》があるなら、手加減はしなくていいな？」

「あっ」

両手首を掴《つか》まれ、全部の指を絡めあわせるようにして、強く押さえつけられる。のしかかってくる男の影《かげ》がひどく大きく思え、一瞬だけぶるりと震えた藍の首筋に、唇が触《ふ》れた。脈打つ頸動脈《けいどうみゃく》の震えを鋭敏《えいびん》な箇所《かしょ》でたしかめるような接触《せっしょく》のあと、つるりとそこを舌で撫でて知靖は言う。

「子ども扱《あつか》いも遠慮《えんりょ》も、お望みどおり、もうやめだ。——ついでに」

「あん！」

言葉を切り、乳首に歯を立てられた藍は不自由な体勢のまま跳ねあがる。けれど強い両手にシーツへと縫《ぬ》いつけられて、バウンドした身体《からだ》はそのまま同じ場所へと沈《しず》んだ。

「ずいぶんかわいらしいものに見立ててくれたようだが、それが認識違《にんしきちが》いだということは、しっかりわかってもらおう」

目を細めた知靖の宣言に、そんな、と呟いて藍は小さく震えた。

ぞくりとするそれが期待なのか、怖《こわ》さからなのか、藍にもわからなかった。


腿《もも》の奥からしたたり落ちるくらいに塗《ぬ》りつけられたジェルが、汗《あせ》と混じりあって細い脚に幾《いく》筋《すじ》もの流れを作った。

膝《ひざ》が立ち、また崩《くず》れ、爪先《つまさき》が丸まったり反り返ったりを繰《く》り返す。自身でも制御《せいぎょ》できない反射と痙攣《けいれん》が、藍の身体を不思議なダンスでも踊《おど》るかのようにくねらせている。

「はふっ……あー、いや、あー……！」

息苦しくてキスをほどく。べったりと濡れた唇から迸《ほとばし》った声は、悲鳴じみた哀願《あいがん》だ。

「……なにが？」

「だめっ、それだめです、もうだめ……！」

もう許してと泣いて逃《のが》れる身体を、知靖は許さない。赤く染まった身体を見下ろし、びくびくと震える藍の胸を手のひらいっぱい使ってそろりと撫でる。その表情に、藍の心臓がぎゅうっと絞《しぼ》られるように痛くなった。

(あ、すごい、顔)

ふだんは清冽《せいれつ》な水のように涼《すず》しげな知靖なのに、こうしたときには大人《おとな》の男の余裕と野性が同居した、なまめかしい顔になる。形のいい額に浮《う》いた汗、小さく漏《も》れるかすれた声、鋭《するど》さのなかに甘さの混じる視線が、藍の身体を芯《しん》から溶《と》かす。

「なにがいや？　なにがだめなんだ」

「あそこ、あそこ……あた、ちゃ……うっ」

いつもより執拗《しつよう》にやわらげられた粘膜《ねんまく》には、恋人《こいびと》のそれがみっちりとはめこまれている。ふだん、体格の違う藍を気遣《きづか》って、挿入《そうにゅう》もやさしくゆっくりとしたものなのに、執拗な前戯《ぜんぎ》のあと、知靖はひといきにそれを突《つ》き入れてきた。そしてまた、それが——。

(いつも、より、おっきい)

はふはふと息を切らせて感じている藍は、自分の思考が淫靡《いんび》なものばかりに埋《う》め尽《つ》くされていくのを知る。怖くて、なのに胸の奥には味わったことのないほどの充足感《じゅうそく》がある。

「藍、答えなさい。どこにあたる？」

もっと奥までいかせろというように熱を送りこんできて、泣きじゃくる藍の頬《ほお》を舐《な》める。

「奥の、きもちい、とこっ……ああ、あんっ」

ぬくぬくと出し入れされ、横に揺すられ、回される。今日の知靖は、やはり少し意地が悪い。

わかっているくせに、いつになく卑猥《ひわい》なことを訊《き》かれた。

「なにが、あたってる……？」

こうも意地の悪い知靖ははじめてと言ってもいい。知らない男に抱《だ》かれているかのような違《い》和感《わかん》は、しかし藍の身体をさらに高ぶらせ、感覚を鋭敏に育てていく。

（なにって、そんなの……あれ、あれが）

身体の中がぐるぐるして、なにも考えられなくなる。乳首《ちくび》を転がすようにされながら突かれて、藍は朦朧《もうろう》としたまま答えた。

「――……が、おっきいの、が」

卑猥な単語を口にしたとたん、きゅううっとそこが締《し》まった。知靖の性器がひくひくと中で苦しそうに震《ふる》えて、無意識のまま藍は舌なめずりする。唇《くちびる》から覗《のぞ》いたそれを長い指で一瞬《いっしゅん》つまみ、濡れた指を舐めて知靖が問う。

「……それが？」

「かたいの、気持ちいい……、なか、あ、あたって、すご、く……へん……っ」

低下した思考力、体感したことをそのまま口にする藍の淫蕩《いんとう》にすぎる呟き。ぶるりと震え、咎《とが》めるように耳を噛《か》んだ知靖は「どうしたいんだ」と訊いた。

「当たるのはいや？　じゃあ、やめるか」

「いやだ、して、してください、してっ」

怖くてもうやめてと泣いたのに、ぴたりと動きを止められたとたん、もどかしくてたまらなくなった。何度か同じやりとりを繰り返したあと、藍は朦朧としたまま卑猥な言葉を口走る。

「ああ、ん、もっと……知靖さん、もっと、いれて」

「入れてるだろう？」

わかっているくせに、と藍は四肢《しし》を絡みつけ、焦《じ》らすなと甘い身体を揺すった。

「ん、はぁ……っ」

抜《ぬ》けるぎりぎりのところまで腰《こし》をうしろに送られ、また突き入れられた。その動きを二度、三度と繰り返されると、腿が痙攣しはじめる。仰《の》け反ったままがくがくと全身を震わせ、あえぐ藍の身体を大きな手が捕《つか》まえている。その手の甲《こう》に自分のそれを重ねると、すがるように握りしめた藍は、濡《ぬ》れた目で知靖を誘《さそ》った。

「んっ、あっ、もっと、もっと」

「……平気か？」

「はい、それ、好きです……好き、あっ！」

ならばと知靖は強い律動で藍の身体を翻弄《ほんろう》する。抜かれて、入れられて、どうしてこんな気持ちになるのかわからないと思いながら、甘くせつない官能に酔《よ》わされた。

（もう、ぐちゃぐちゃだ……）

肉がぶつかるべたついた音、粘液《ねんえき》の混じるそれにくわえて、ひっきりなしに藍のあえぎが溢《あふ》れていく。羞恥心《しゅうちしん》はとうに麻痺《まひ》し、与《あた》えられ、また貪《むさぼ》られるような官能を、全身で甘受《かんじゅ》する藍を、知靖が激しく揺《ゆ》さぶった。

「あ、ああ、あー……っ、あ!」

はじめて身体を重ねてしばらくは、こんな大きな動きをすることなど、絶対になかった。慣れて、馴染《なじ》んで、知靖が思うままに快楽を与え、また与えられることができるようになったいまが、たまらなく嬉《うれ》しい。

(これが、好き)

そっと指を伸《の》ばし、ふっくらと腫《は》れて知靖を包む部分に触れた。濡れて、ぬめって、熱く火照《ほて》る粘膜が、淫《みだ》らに指先を痺《しび》れさせる。

全身が甘い蜜《みつ》のなかに浸《ひた》されたような快楽。そのすべてを知靖に教わり、そしてこれからも彼以外に、与えられたくはないと強く思う。

苦しげに息をつく唇に触れたくて、手を伸ばす。気づいた知靖が爪《つめ》のさきを舌で撫《な》でたあと、きれいな歯に挟《はさ》んでくれて、もうそれだけで達しそうになる。

「いい、です……か?」

「え?」

揺さぶられ、もう自分がなにを口走っているのかもわからなくなりながら、藍は必死に問いかけた。

「知靖さん、も、きもちい……？」

ぼくの身体で、悦《よろこ》んでくれていますか。淫らさと真摯《しんし》さが同率で存在するその問いに、知靖は目元をやわらげた。

「訊くまでも、ないだろう」

知っているくせにと微笑《ほほえ》む顔が、藍の胸を疼《うず》かせる。嬉しい、と呟《つぶや》いたそれは、声になっただろうか。それとも、かき抱《いだ》く腕《うで》に身を任せたとたん、身体の芯を焼き尽くすような快感に焦《こ》がされ、ほとばしった嬌声《きょうせい》にまぎれて、聞こえなくなってしまっただろうか。

「ああ、あ、もう、もうもう、いくっ……い、いっちゃう……っ」

「……俺も、もたない」

広い背中をかきむしって訴《うった》えると、いつも余裕《よゆう》の彼らしからぬひずんだ声で、耳を噛まれた。ちりり、とした痛みと湿《しめ》った息のどちらに感じたのかわからぬまま、藍は最後のステップを駆《か》けあがる。

「ああ、あ、ア――……！」

「……っ」

同時に強《こわ》ばった身体を強く抱きしめると、腹のうえと身体の奥が、同じ熱で濡れていく。藍の手のひらの下で、知靖の肌《はだ》が、筋肉がうごめいた。強ばり、震え、ややあってふうっと弛緩《しかん》していく一連の変化が、なまなましい行為《こうい》の終わりを伝えてくる。

「はっ……あっ……」

まだ落ち着ききれない感覚の余韻《よいん》に、藍は小刻みに震えるまま、細い声を漏らした。いつの間にか溢れていた涙《なみだ》を、こちらもかすかに息を切らした知靖の指が拭《ぬぐ》っていく。

「……痛くないし、苦しくも、ないですよ」

問われるであろう言葉をさきまわりしてふさぐと、彼は一瞬だけ目を瞠《みは》り、そのあとやさしい苦笑《くしょう》を漏らした。

整えている髪《かみ》が汗《あせ》に崩れ、いつもより精悍《せいかん》な印象になった知靖の頬を力のはいらない両手で撫でて、藍もまた微笑む。

「そんな顔をされると、放《はな》したくなくなる」

「そうしてほしいです」

この腕のなか以外、どこにも行きたくない。心からの言葉を紡《つむ》ぐより早く、唇が奪《うば》われる。骨が軋《きし》むほどのきつい抱擁《ほうよう》はただ嬉しく、爪先《つまさき》までたっぷりと、愛情という蜜に浸《ひた》りながら、藍はあえかな息を漏《も》らした。

ふたたびの官能に溺《おぼ》れる、それは合図のようだった。

＊　＊　＊

眠《ねむ》る知靖の髪を撫で、藍はため息をつく。もう幾度《いくど》睦《むつ》みあったのかわからなくなるほどの行為を終えて、めずらしくもさきに眠りについたのは、年上の恋人《こいびと》のほうだった。

(お疲《つか》れなのは、本当でしたしね)

無意識なのだろうが、さきに寝入《ねい》ってしまうとき、彼は必ず藍の胸を枕《まくら》にして眠る。じつのところけっこう重たいのだが、端整《たんせい》な寝顔を思うさま堪能《たんのう》できてしまう喜びの前では、些細《ささい》な問題だ。

汗の引いた髪は、さらさらと藍の指をくすぐって落ちていく。すべてを預けきって眠る知靖の顔は、どこまでも穏《おだ》やかで、あどけないほどだ。

(こんな顔は、ぼくだけのものですよね)

胸の裡《うち》、そっと呟いて、存外自分が気にしていることを知った。

「弥刀さん、か」

ぽつんと呟いた瞬間、きりきりと胸の奥に痛みが湧《わ》いてくる。けれどそれをため息ひとつで振《ふ》り払《はら》い、それも受け入れようと藍は思う。

嫉妬《しっと》も多分に含《ふく》まれた、複雑な感情はしばらく持てあますだろう。だが、あのやさしく背の高い男に、深く感謝しているのも事実だ。おそらく、藍がこの世に生まれるか否《いな》かのころから、知靖を支えてきてくれたのは弥刀に違《ちが》いないのだから。

(今度また、なにか差し入れでもしよう)

映画作りのために頭を悩《なや》ませているという彼に、感謝をこめて。案外甘いものが好きな弥刀だから、優衣に連れていってもらったあの店のスイーツでも贈《おく》ろうか。それともいっそ手作りの、蜂蜜《はちみつ》たっぷりの焼き菓子《がし》のほうがいいだろうか。

「……い、あい」

「はい？」

思いにふけっていると、眠っているはずの知靖がなにかを呟く。首をかしげて覗《のぞ》きこむと、ぼんやりと目を開け、藍の顔へと手を伸ばしてきた。

「ここに、いますよ」

長い指を握《にぎ》りしめ、手のひらに頬《ほお》を押し当てる。ほっとしたように唇をゆるませた知靖が、なにか小さな、囁《ささや》くような声を発した。

「あい……」

けれどそれが、名を呼ばれたのか、それともこの夜自分が捧《ささ》げたのと同じ、甘い告白のそれであったのかは、寝入る直前の不鮮明《ふせんめい》な発音では、聞き取ることはできなかった。

けれど、言葉としてどちらを知靖が選んでも、きっと意味合いは同じことだろう。

「……おやすみなさい、知靖さん」

この胸にあるすべてを、あなたに捧げた。だからなにもわずらうことなく、ただ眠っていてほしい。

うつむいた藍の浮《う》かべる笑《え》みは、灯《あか》りを落とされた居間にある絵と違《たが》わぬ色を浮かべる。
やさしい夜は、蜜の甘さを孕《はら》んで、静かに更《ふ》けていった。

END

双曲線上のリアリズム

制帽《せいぼう》の隙間《すきま》から、早春の陽射《ひざ》しが目を焼いた。日の高さに、佐倉朋樹《さくらともき》は目を細め、腕時計《うでどけい》をちらりと見やる。

（そろそろ昼飯、食えるかな）

さきほど、コインランドリーで下着を盗《ぬす》まれた女性の件を処理したところで、時刻は十二時をまわっていた。だが目の前でおろおろする被害者《ひがいしゃ》を前に、暢気《のんき》に昼食を摂《と》るわけにもいかず、腹の虫は限界を訴《うった》えている。

朋樹が警察学校初任科課程を修了《しゅうりょう》し、地域課の研修に入って一ヶ月半がすぎたが、交番というのは案外煩雑《はんざつ》な仕事が多いと知った。朝から剣道《けんどう》の稽古《けいこ》をしたのちの出勤のうえ、現場でなにかと動き回ることも多く、あっという間に腹は減る。

むろん、勤務中に間食などできない。腹具合はかなり心許《こころもと》ないが——と引き締《し》まった腹部に手を当てていると、様子に気づいた年配警察官の大木が穏《おだ》やかに声をかけてきた。

「佐倉、そろそろ出前とるか。ラーメンでいいか？」

「あ、はい」

交番勤務も長く、指導担当を任されている彼は、仏頂面《ぶっちょうづら》の朋樹に対しても気分を害することはしない。だからこそ朋樹のような、ある意味では『問題児』の研修パートナーに選ばれたのだろう。

「飯食ったら、パトロール頼《たの》む」

了解《りょうかい》です、と答えた朋樹は、制帽を脱《ぬ》いで会釈《えしゃく》した。備えつけの出前一覧から近所の中華屋《ちゅうか》を選び、電話をかけようとしたところで着信したそれに苦笑《くしょう》する。

「はい、駅前交番です。ええ……はい。三丁目の交差点ですね、わかりました」

「どうした？」

電話を切った朋樹は、大木の問いに振《ふ》り返った。

「どうも、お年寄りが徘徊《はいかい》しているらしいです。住所を尋《たず》ねても、わからないと」

「ああ……下田さんとこの爺《じい》ちゃんだろう。悪いが、行ってくる」

どうやら、馴染《なじ》みの老人らしい。まだらボケといったところで、迷子になる以外はとくに問題はないのだそうだ。「まあ、常連さんだ」と呟《つぶや》き大木は立ちあがった。

「留守、頼む。なんかあったら連絡《れんらく》くれ。ラーメンは先におまえのぶんだけ頼んで、食っとけ」

「了解です」

自転車に乗って走り去る先輩《せんぱい》を見送り、さっさと出前を注文する。レバニラ炒《いた》めとチャーシュー麺《めん》の大盛りに餃子《ギョーザ》。先輩と一緒《いっしょ》ならば払《はら》いを持たれたりして遠慮《えんりょ》するところだが、今日はひとりなので好きなぶんだけ頼んでやった。安い早いうまいの中華屋はすぐ近所で、おかもちを持った朋樹と大差のない年齢《ねんれい》の店員は、二十分も経《た》たずに出前を届けてくれた。

「いただきまーす」

ひとり呟き、割り箸《ばし》の片方を口にくわえて割る。やわらかいメンマと、太麵に絡《から》んだスープの味がしっかりしていて、ここに研修に来るようになってからの朋樹は、昼食のローテーションのなかでもかなりの頻度《ひんど》でこのラーメンを食している。

おそらく、誰かが見咎《みとが》めたら「もう少しよく嚙《か》んだら」と言われるであろう速度で麵を啜《すす》りこみ、給食の三角食べよろしくおかずもやっつけたのは、それから十分も経たないころだ。早食いは以前からではあったが、地域課の研修がはじまって以来、よけいに早くなった。理由は、といえば——。

「おまわりさーん」

「……はーい」

朋樹が餃子の最後のひとつを口に放りこんだところで、妙《みょう》にたどたどしい声がかかる。この調子だから、早食いに拍車《はくしゃ》がかかるのだ。

あわてて咀嚼《そしゃく》し、喉《のど》の奥に詰《つ》まりそうな餃子をラーメンスープで流しこんだ朋樹が制帽をかぶり直して顔を出すと、交番の前にはランドセルをしょった少女が困ったような顔で立っていた。見た感じ、小学校低学年くらいだろう。黄色いスカートの端《はし》をもじもじと握《にぎ》っている。

「はい、どうしましたか？」

できるだけ笑みを浮《う》かべ、目線の高さにしゃがみこむ。きつめの顔だちの朋樹に腰《こし》が引けていた少女は、やわらかな声を出す警察官にほっと息をつき、ついでじんわりと涙《なみだ》を浮かべた。

「あの、ねっ、あのねっ。おとしものは、ここで、いいんですかっ?」

本来なら、青みがかった白さを持っているだろう彼女の白目は、充血《じゅうけつ》して赤くなっていた。道々、泣きながら来たのだろうことが、こすった頰《ほお》にもあらわれている。

「拾ったの? それとも落としたの?」

愛想《あいそ》がないと常々言われる朋樹だが、子どもがきらいではけっしてない。生意気なガキや、わがままに暴れる怪獣《かいじゅう》は持てあますけれども、素直《すなお》な目をした少年少女は、まだこの国にもいるのだと知る機会は多い。目の前の少女も、そうだった。

「おとしもの、しました。がっ、がっこ、からね? おうちに、かえっ、帰る、と、とち……きんぎょちゃ、ない、の」

一生懸命丁寧《けんめいていねい》に、説明しようとしていたのだろう。だが途中《とちゅう》で、哀《かな》しい気分がこみあげてきたらしく、しゃくりあげた少女は言葉をつまらせ、ぶわっとまた涙をためる。

「学校の帰り道に、なにか落とした?」

要約して訪ねると、こくこく、とうなずいた。唇《くちびる》を嚙みしめているから、上唇だけが尖《とが》って、ふくよかな頰から突《つ》き出たそれが、可哀想《かわいそう》なだけに愛らしい。

「おまわりさんに、くわしく教えてくれるかな? お名前は?」

また、こくこく、とうなずいて、「おりはら、まい、ろくさいです」と礼儀《れいぎ》正しく答えた彼女を交番の椅子《いす》に腰かけさせる。うぐうぐと喉を鳴らしている彼女に、ジュースを差し出した。迷子や子どもをなだめるためのアイテムは、この交番には常備されている。

「まいちゃん。なにを落としたか教えてくれる？　何色で、どんな形？」

朋樹が訊《たず》ねると、オレンジ味のそれをひとくち飲んだ折原舞《おりはらまい》は「えっと」としゃっくりをひとつでおさめた。

「赤いの。きんぎょちゃんなの。ママが作ってくれて、おこづかい、いれておきなさいって」

「あー、はい、はい。わかった」

おそらく母親の手作りの、金魚の形をした、ポシェットタイプの財布《さいふ》だったのだろう。拾得物件預り書のリストを確認《かくにん》するが、いまのところ拾われたという記録はない。

「住所を教えてくれるかな。住所……わかる？　おうち」

「わかる」

こく、とうなずいたあと、舞はランドセルから取りだしたネームプレートを見せた。迷子札のようなものだろう、住所と名前がきちんと書いてある。定型の書類にその住所を書き写した朋樹は、この年頃《としごろ》の子どもはどの程度話が通じるモノかと迷いつつ、声をかけた。

「じゃあ、見つかったら連絡するから、この電話番号に――」

「だめ！」

はっとしたような叫《さけ》び声。朋樹が急な反応に驚《おどろ》いていると、彼女は赤い顔でかぶりを振る。

「ママに、なくしちゃだめって言われたの！　おこられるの！　ママに言っちゃだめ！」

「え……？」

身振り手振りで、だめ、だめ、と訴《うった》える彼女の剣幕《けんまく》に、朋樹は気圧《けお》されてしまう。

「ママ、あんまりお裁縫《さいほう》じょうずじゃないの。でもがんばって作ってくれたの。舞が悪いの。ママかわいそう……」

しくしくと泣きだした舞には悪いが、かわいそうと来たか、と朋樹は笑いそうになった。

「だから、だめなの。ママに言っちゃだめなの！」

苦笑をどうにかこらえた朋樹が目線を逸《そ》らすと、泣きべそをかいている舞の膝《ひざ》が泥《どろ》に汚《よご》れ、すりむけていることに気づいた。転んだというよりも、たぶんあちこちをさがして這《は》いつくばったせいだろう。スカートの裾《すそ》も引きずったような汚れがついている。

（黙《だま》ってたところで、これじゃバレバレなんだろうけど）

いまは泥汚れのついた舞の衣服だが、ほかは清潔だし、身につけているものもさりげなく高級なものだと朋樹にもわかる。おさげのさきがくるくると巻かれた髪形《かみがた》は、毎朝丁寧に作らなければむずかしいだろう。

なにより、ただ飾《かざ》り立てているだけではないことは、あの迷子札でわかった。あまり縫《ぬ》い目がきれいとは言えない手作りのケースに差しこまれたカード。きれいな字で住所と名前を書いた母親は、ポシェットを落としたことよりも、寄り道をする娘《むすめ》のほうを案じるはずだ。

(怒《おこ》られたりは、しねえだろうに)

舞自身、なくしたのが金の入った財布であることより、母の手作りの品だということが重要に思えているらしい。微笑《ほほえ》ましいと思いつつ、朋樹は眉《まゆ》をひそめる舞に問いかける。

「だめって、でも、じゃあ、連絡はどうしよう?」

「舞、ケータイ持ってるから、それにして!」

この年でもう携帯《けいたい》電話を持っているのはめずらしくもない。かわいらしいストラップのついたキッズケータイを差し出され、「この番号」と教える舞に、それならそれでかまわないがとうなずいた。

「じゃあ、見つかったら電話をするから。……それと、その足、手当てしようか。痛いだろ」

指摘《してき》したとたん、朋樹の指さした膝と、朋樹の顔とを見比べ、舞は目をまるくした。いまのいままで気づいていなかったのだろう。自分の真っ赤にこすれた膝を確認したとたん、舞はみるみるうちに涙をため、「うわーん!」とさらに泣きだした。さすがに朋樹が焦《あせ》る。

「ちょ……マジかよ、そんな大声出すなって」

「わーん! あーん! いたあいいい!」

痛いのと哀しいのと全部が一緒になってしまったのだろう。激しく声をあげ、号泣する舞に呆気《あっけ》にとられていると、用を終えたのだろう大木がのっそりと顔を出した。

「……あれ、なんだ佐倉。このお嬢《じょう》ちゃんはどうした」

「いや、落とし物したって来たんですけど、怪我《けが》、手当てしてやるったら泣きだして……」

「ばーか、子どもに痛いだろうつったら、よけい泣くんだよ」

三人の子持ちだという大木は苦笑《くしょう》したあと、よしよし、と声をかけて舞の頭を撫《な》でた。その瞬間《しゅんかん》、朋樹は自分が目の前の少女に触《ふ》れることに対し、少しだけ腰が引けていたことに気づく。

手当てをする大木の手つきは慣れたものだった。舞も、あやすのがうまい彼に少し安心したようで、さきほどの弾《はじ》けたような大泣きはおさまっている。

少しだけほっとしながら、遺失届を代理で書き終えた朋樹は舞に声をかけた。

「じゃあ、とにかく見つかったら連絡《れんらく》するから。ひとりで帰れるかな」

「うん！　おうち、すぐだから！」

気をつけて、と朋樹が声をかけると、まだ涙のあとがぺかぺかと残る頬で舞は笑い、大きく手を振《ふ》った。こうも短時間で感情を切り替《か》えられるのも子どもの不思議さだと思いつつ、絆創《ばんそう》膏《こう》だらけの足でスキップをする舞の背中を見送った。

「お疲《つか》れさん。まあ、おとなしい子でよかったな。素直だし」

「そうですね」

大泣きされたが、舞は聞きわけのいいほうだった。あれぐらいの年齢《ねんれい》になると、むやみやたらと口ばかりがまわるようになり、大人《おとな》を小馬鹿《こばか》にする生意気なのもいる。思いだし、顔を歪《ゆが》めた朋樹に、大木はにやっと笑って言った。

「おまえ、あの子どもなだめるのに、触《さわ》るの躊躇《ちゆうちょ》したろ」

「……女の子だったんで、つい。意識しすぎて厭《いや》になりますね」

「しょうがない。この間の今日だからな」

苦笑する大木に、朋樹は肩《かた》をすくめる。つい先日、舞よりほんの少しうえくらいの年齢の少女が迷子になったとき、泣きじゃくって大暴れするのをなだめようと肩に手をかけたとたん、その子は叫んだのだ。

——触らないでよロリコン！　セクハラで訴《うった》えるから！

思わず、誰がロリコンだこのションベンタレのクソガキ、と叫びそうになったけれども、ぐっとこらえた。思いだした朋樹の仏頂面《ぶっちょうづら》に、大木が笑う。

「ショック受けて呆然《ぼうぜん》としやがって。あのときの佐倉は見物だった」

「やめてくださいよ、あのときのことは」

少女を狙《ねら》ったわいせつ事件は、いま全国的に深刻な問題だ。学校でも自衛の指導が行われているらしいのだが、そのせいで妙《みょう》な知識を仕入れた少女が、ませた過剰《かじょう》反応をしたらしいことは理解している。だが、それと感情とは別問題だ。

「まあ、ああいう激しい子もいれば、今日みたいな子もいる。ひとはそれぞれだ」

地域課の長い大木は、達観したような顔でつぶやいた。

「舞ちゃんは住所も素直《すなお》に言ってくれてよかったよ。いまじゃ子どもの個人情報はどこよりうるさい」

「ああ……学校の写真ひとつでも、肖像権《しょうぞうけん》がうるさいんでしたっけ」

「学校新聞でも卒業アルバムでも、顔の特定ができる写真はNGだとよ。いやな時代だ」

妙なことに使う連中がいるせいだがな、とうんざりため息をつくのは、先日この区域でも少女を狙う変質者が出たせいだろう。下腹部を触られた被害者《ひがいしゃ》が大騒《おおさわ》ぎし、近隣《きんりん》住民が駆《か》けつけたため事なきを得たが、いまだ犯人は見つかっていない。

目撃《もくげき》証言では、太めで長髪《ちょうはつ》の男が白っぽい車で逃《に》げていったとのことだが、夕暮れどきだったため、色もはっきりしないし、車種も同様だ。被害を受けた少女のいる学校では、しばらくの間は集団登下校などで警戒《けいかい》していたようだが、舞はその学校ではないらしい。

「まったく、変質者も年々多種多様で、いやになっちまうよ」

交番勤務の長い彼は、警邏《けいら》の途中《とちゅう》でいわゆる露出《ろしゅつ》系の男を捕《と》らえたことも、下着泥棒《どろぼう》と格闘《かくとう》したこともあるという。それでも、昔はまだ理解できたものだと大木はしみじみため息をつく。

「胸も出てねえ女の子になにを興奮するかねえ。あれだけはわからん」

「そこは俺も同意なんで、コメントできませんが」

朋樹の苦笑いを認め、大木は、「怖《こわ》い世の中だ」とつぶやいた。まったくだとうなずきながらネクタイの襟元《えりもと》に指を引っかけた朋樹は、小さく息をつく。

自分でアイロンをかけた制服は、どうやらノリがききすぎたらしく、首のあたりがこすれて痛いし、窮屈《きゅうくつ》だ。

しかし、毎日制服を着るという行為《こうい》は、案外楽な面もあるのだと、学生時代はすべて私服の学校にしか通っていなかった朋樹は、二十代もなかばのいまごろになって実感している。

まず朝一番、ないし前の晩に、その日着るものを考えなくていい——と言ったら、相手はなんともつかない顔をして微苦笑《びくしょう》をした。

——もうちょっとおしゃれな子かと思ってたんだけどねえ。

飄々《ひょうひょう》とした印象の年上の男は、金に染め、ときどきには不思議な色のメッシュを入れた長い髪《かみ》や物腰《ものごし》に同じく、声さえもやわらかい。

弥刀《みと》紀章《きしょう》、というきれいな名前をした彼とは、肉体こみの関係になってから二年ほどが経《た》つ。正直、甲斐《かい》もないことだろうと思うのに、弥刀は実年齢《じつねんれい》より十は若く見える顔で、相変わらず朋樹に愛とやらを囁《ささや》き続けている。

(ありゃほとんど、反復運動になってきてるな)

一方的に名前を知り憧《あこが》れていたときには、まさかあんな甘ったるい、かつひねくれた性格だとは思わなかったと、朋樹はため息をつく。その深い息に、大木がねぎらいの言葉をくれた。

「おっ、お疲れか。まあ、明日から休みだ。定期で休み取れるのはいまのうちだからな。交機に行けばべつだがな」

白バイ乗りに代表される交通機動隊の面々は、有事以外の安全運転は厳守だ。そのため、寝不足などもってのほかと、基本は週二日の休みを遵守するよう通達されている。年休など残業に消えるばかりの警察組織のなかでは、めずらしい。といっても、まったくもって楽な部署ではないし、事件が起これば休みもナシなのは、いずこも同じだが。

「ともかく、明日から少しゆっくりしてこい」

「はは……」

その明日からの休みが少しだけ憂鬱《ゆううつ》なのだとも言えず、あいまいに笑う。

寮《りょう》に入り、休日のできるだけを弥刀にやる、と約束はした。しかし実際には課外活動や休み返上での稽古《けいこ》、自主勉強などしなければ、こなしきれるカリキュラムではない。

要するに、会うのは相当ひさしぶりだ。軽い緊張《きんちょう》を覚えている自分に気づき、朋樹はまた、ため息をつく。

「いまのうちに羽根のばしとけよ」

大木は肩をぽんぽんと叩《たた》いた。朋樹はやはり、あいまいに笑うしかなかった。

＊　＊　＊

翌日、朋樹はひさしぶりに、三軒茶屋《さんげんぢゃや》にある弥刀の住まいに訪《おとず》れていた。

だだっ広いマンションの居間には、仕事柄《がら》なのだろう、やたらと充実《じゅうじつ》したAV機器が壁面《へきめん》を埋《う》め尽《つ》くしている。最近買い換《か》えたという大型の映像モニタは、テレビも観《み》ることはできるが、滅多《めった》にドラマやバラエティのたぐいが映し出されることはない。

いま、フローリングの床《ゆか》に敷《し》かれたラグのうえで朋樹が膝《ひざ》を抱《かか》えて眺《なが》めるのは、弥刀が初期に手がけ、昨年解散したS.A.Gというバンドのビデオクリップだ。

音楽について詳《くわ》しいことはわからないが、スタン、と闇《やみ》を切り裂《さ》くような、抜《ぬ》けのいいスネアの音や、きれいな韻律《いんりつ》のメロディ、それを裏切るような激しいギターの調べが好きだ。

頭蓋《ずがい》を揺《ゆ》らすような激しい音を耳にするとき、朋樹は、どこか怒《いか》りを覚えるときの興奮に似たものを感じる。血が沸《わ》き立ち、じっとしていられないような、残酷《ざんこく》で痛みのある情動を揺り動かされる。まばたきが少なくなり、アドレナリンが噴《ふ》き出て、じわりじわりと背中を這《は》いのぼる歪曲《わいきょく》した、快楽にも似たなにかは、朋樹にとってなじみ深い。

だが、そのひりついた感覚を、視覚からの情報がやわらかに包んでいくのが不思議だ。

デジタル処理のなされた映像は、音にあわせてまるで万華鏡《まんげきょう》のようにくるくるとあざやかに切り替わり、ハードな音に色を添《そ》える。

このきらめきを凝縮《ぎょうしゅく》したような映像もまた、朋樹の心を摑《つか》む。派手で、華《はな》やかで、キッチュなのにどこか品がよく、もの悲しい。そしてやさしい。それが弥刀の撮《と》るものだ。

そしてこの奇妙《きみょう》な穏《おだ》やかさは、弥刀の撮るものにしか感じたことがない。

「──あれ。また、それ観てるの」

「うん」

ひょいと顔を出した弥刀は、相変わらずの長髪をひとつにくくっている。こうなったら七〇年代でも気取るかと、ひたすら伸《の》ばし続けているせいで、いささか鬱陶《うっとう》しいほどだ。鬚《ひげ》も伸ばしたいらしく、一時期ちょびちょびと生やしていたが、あまりの似合わなさに朋樹が却下《きゃっか》したら、素直に剃《そ》った。

「ほかのもあるけど、それでいいの？」

「いい。これが好きなんだ。昔、誰かがビデオ録画したのをWEBにあげた、しょぼいのでしか観られなかったし」

朋樹がこの映像をネットで拾い、観たのは、まだ十代のなかばのころだった。メッセージ性の強い音楽のPVは、環境《かんきょう》ビデオかのようなイメージ映像か、ライブ画像に偏《かたよ》ることが多いけれど、弥刀のそれはどこかしら物語的なうつくしさがあり、不思議な感じがした。

「DVD焼いてあげようか？」

「いらない。どうせ寮じゃ、ちっせえPCでしか再生できねえし。でかい絵で観たい」

そうですか、と苦笑《くしょう》する弥刀を、朋樹は見ない。まばたきが少ないとよく指摘《してき》される真っ黒な目は、ひたすら目の前の映像に注がれている。

「一ヶ月ぶりに会ったのに、俺よりビデオ？」

そういう朋樹を、ため息ひとつで許した男はからかうように微笑《ほほえ》んだ。けれどわざと邪魔《じゃま》したりはしない。そんなことをすれば朋樹に睨《にら》まれるのがわかっているからだ。

いちばん好きな曲が終わったころ、すっと目の前にコーヒーカップが差し出された。ありがとう、と言って受けとり、そこでようやく弥刀を見るや、皮肉な挨拶《あいさつ》をされた。

「おひさしぶり」

「……俺、ここんち来たの二時間前だぞ」

「その二時間、家主を放置でビデオに釘付《くぎづ》けだったくせに」

指摘して、あまやかな微笑をたたえる弥刀の顔は、あと数年で四十になるとは思えない。

弥刀の撮るものは、本人の物腰のやわらかさが嘘《うそ》のようにエッジが鋭《するど》く、ビビッドなものだ。きっと神経質で、繊細《せんさい》で、それでいて包容力のある男なのだろうと勝手に考えていたため、初対面では見た目の若さと、飄々とした軽さにかなり驚《おどろ》かされた。

同時に、いっそ本人が被写体《ひしゃたい》になればいいんじゃないかという顔だちにも驚愕《きょうがく》した。

いつぞや言ったこともあるが、朋樹が身近に知る限りで、もっとも色気のある、きれいな顔だと思う。極度に整った顔、という意味では、弥刀の先輩《せんぱい》である志澤知靖《しざわともやす》や、友人の一之宮《いちのみや》——いまだ旧姓《きゅうせい》で呼んでしまう朋樹だ——藍《あい》もいるが、あのふたりの場合は整いすぎているためか、却《かえ》って朋樹の気を惹《ひ》く雰囲気《ふんいき》ではない。

ことに知靖のパーフェクトな美貌《びぼう》に滲《にじ》む冷たさは、なんとなく同種の乾《かわ》きを感じるせいか、ナルシスト的な要因がゼロである朋樹の情動にまったく訴《うった》えてこなかった。

自分と違《ちが》うもの、に朋樹は興味を持つ。理解しがたいものや、変わったもの。予想外のなにかを、自分に訴えてくるものに、興味を惹かれる。

藍と親しくなったのはそのせいだろう。純粋培養《じゅんすい》で涙《なみだ》もろいくせに、どんな大がかりな出来事のあとにも、あの独特のしなやかさで自分を保ったままでいる。なんというか、見た目に反して芯《しん》が太い。

（で、このひとも、見た目と真逆なんだよな）

背が高くおおらかに見えて、繊細で自罰《じばつ》的なところもある。感性が鋭く感受性が高く、大人《おとな》のくせに無邪気《むじゃき》で傷つきやすい。ある意味、藍と真逆の弱さがあって、そのくせしたたかな面も持っている。

弥刀は、不思議だ。観察していると非常に興味深い。いちばん理解しがたいのは、なんの酔《すい》狂《きょう》か朋樹に愛情とやらを訴えかけたり求めたりしているあたりだと思う。

目尻《めじり》ににじんだ笑い皺《じわ》は、年齢のせいよりも彼がいつも微笑んでいるからだろう。まじまじと見つめていると、弥刀がくすぐったそうに笑みを深める。

「なに？」

「なんか嬉《うれ》しそうな顔だなと」

「そりゃ嬉しいよ。朋樹がいるから」

とたん、仏頂面《ぶっちょうづら》がひどくなった朋樹の顔に、弥刀は爆笑《ばくしょう》した。最近では背中につくほどになった金色の髪《かみ》がさらさらと揺れて、採光のいい居間に光の束をつくる。

「そういう、ケツの据《す》わりの悪いこと言うなよ」

「いやだね。いいかげん慣れてほしいな、口説《くど》き文句にも」

「いられねえって……」

明るい髪の色に同じく、弥刀は着るモノも派手だ。キッチュ一歩手前、というプリントシャツなどは、「勢いで着る」と本人は自負しているようで、この日は赤をベースにした和花と鳥の大柄な模様のシャツを着ている。

おそらくどこぞのブランドものなのだろうとは思うが、朋樹にはよくわからない。そして、この部屋に常備してある朋樹の着替《きが》えは、相変わらず黒ばかりだ。

ファッションそのものに本来興味がないのもあるが、それ以前にわからないのが『色』だ。

朋樹は、自身が色オンチだと自覚している。

視覚情報の認識《にんしき》について、身体的に問題があるわけではない。視力も二・〇あるしその他《ほか》も健康診断《しんだん》で引っかかったことはない。ただ単に、わからないのだ。

幸いにして学習能力もあり、世間というものがある一定のラインから、はずれたなにか——それがたかが洋服一枚のことでも——を提示してしまうと、おそろしく生きていきにくい、ということは理解していたので、面倒《めんどう》が少なく、動きやすく、いままで接触《せっしょく》してきた人間に『似合う』と言われたものを身につけるようにした。

　痩《や》せて、目ばかりがぎらぎらしていたせいもあるのだろう。ショップ清掃《せいそう》のアルバイトがきっかけで知りあったインディーズデザイナーの卵の女性に、黒ベースのモッズファッションをやたらと勧《すす》められた。朋樹がいるとイメージが湧《わ》くとか言ってその後も何着も服を贈《おく》られ、しかし女にかまけている時間も心の余地もないと知るや、貢《みつ》ぎ物はなくなったが、そのころにはモッズファッションと呼ばれるそれが、まるで朋樹自身が好んでいるスタイルのようになった。

　オルタナティブ、ハードロックと呼ばれる音楽を聴《き》くようになったのは、その少し以前のことだ。同時に、色のない朋樹の世界に、ふわりと飛びこんできた、あの映像を見たのも。

「もう一回、観ていいか？」

「ホントに好きだね、それ。いくらでもどうぞ」

やさしく了承《りようしよう》する弥刀の鷹揚《おうよう》な苦笑に、これはおそらく甘やかされているというやつだろうと気づいて、朋樹はいささかばつが悪かった。

「あー、悪い。なんかすることとあるか」

　突然《とつぜん》のような問いかけをすると、コーヒーを啜《すす》っていた男は目をまるくする。弥刀を若く見せるのは、こうした表情の大きさだろう。喜怒哀楽《きどあいらく》の『怒』以外では、あまり表情筋が動かない朋樹からすると、よくもこう、ころころと表情が動くものだと不思議になる。

「なんか、って？」

「いや。よくわかんねえけど、一応これ、あんたにとっちゃデートになるんだろ」

情緒《じょうちょ》もなにもない問いかけをすると、最近の弥刀がよく見せる、困ったような笑顔《えがお》が返ってくる。息をついた彼は、大きな手で長い前髪をかきあげた。

「うーん。朋樹ね、そう頑張《がんば》らなくてもいいから、ね」

「どういう意味だ？」

「このところ会えなかったし、二週ぶっ続けでドタキャンだったし、いろいろ申し訳なく思ってくれてるのはわかるんだけどね。俺はきみに無理はしてほしくないわけよ」

気長にかまえているから、そう『恋人《こいびと》のようなこと』について意識しなくてもいい。そう告げられ、朋樹はさらに困った。

「でもあんた、この間はもうちょっとどうとか言ってただろ」

二週間前、急に予定が入って会うことが叶《かな》わなくなった際、あまりに淡々《たんたん》としていた朋樹に弥刀はため息まじりに文句を言った。

——あのね、わかるんだけど、もう少しだけ残念そうにしてくれると嬉しいかな……。

言われて、なるほどそういうものなのかと朋樹は思った。

自覚もするが、朋樹はおそろしく情緒的な部分が少ない。情動も滅多《めった》に動かないし、感情の振《ふ》り幅《はば》が極端《きょくたん》に狭《せま》い。

たとえばなんらかの予定が潰《つぶ》れたり、物事が自分の思うように動かないとき。それが他者の

なにものかに怒《いか》りを覚えることはあっても、妨害《ぼうがい》であった場合に限り、苛立《いらだ》ちや、原因となったなにものかに怒《いか》りを覚えることはあっても、思惑《おもわく》や意図のない出来事であった場合には、残念だったり哀《かな》しいと思うことはまず、ない。

世の中というのは、九割がアクシデントとハプニングでできていて、予定は未定、思惑ははずれる、信用は裏切られる、というのが『当然』だと思っているからだ。

なにも悲観的なわけではなく、ただ単に、予測不可能な出来事というのは多いものだと納得《なっとく》している。それがある種の達観だと、目の前の男はいつも少しだけ哀しそうに笑う。

代わりに泣けなどと言ったせいか、そういう複雑な表情を見ることは増えた気がする。

(このひとが思ってるほど、俺はなにも哀しくはないんだが)

昔の話をすると、弥刀は、苦しそうに目元を歪《ゆが》める。ときどき本当に、じわりと目の縁《ふち》を濡らしていることさえあって、つくづく繊細な感受性なのだなと、朋樹は感心する。

誰が認めてくれるわけでもない、むしろ誰かに価値観を預け、評価を頼《たよ》ることというのは見苦しく、ましてやおのがことをみずから決められないのは、ひどく怯懦《きょうだ》で矮小《わいしょう》なことだと思っていた。同じように、自分というものを他人に動かされるのも、きらいだったし、他人にもそれをしたくなかった。

けれど、弥刀の哀しそうな顔だとか、弥刀の造る映像の、あざやかにうつくしい寂寥《せきりょう》だとかは、朋樹にとってはたぶん、保護し、大事にしなければならないものだ、という分類をしている。そして、他人に左右される——これでもかなり左右されているのだ——自分というのが、慣れなくて、困惑《こんわく》する。

正直、休日にはひとりでぼうっとしていたい。あまり他人と関《かか》わるのは好きではないのだ。けれど朋樹はここにいて、弥刀といることを選んだ。それ自体がかなり、妙《みょう》なのだ。

弥刀はどこまでわかっているのか、知らないが。

「約束破ったのは俺だし、そういうのは悪いと思ってるから。なんかあるなら、言ってくれたほうが助かる」

朋樹がそう告げると、彼はますます困った顔になった。

「あれはやつあたりだから、流してくださいな」

「やつあたり……」

「そう、それだけ。だからいいんだよ、朋樹はそのままで」

弥刀は、口ではあれこれと求めるくせに、朋樹がいざそうしようとすると『無理をするな』と苦笑《くしょう》する。弥刀が哀しそうにするのは本意ではないので、どうにかしようと努力をするつもりはあるのに、結果はこれだ。だから朋樹は、どうすればいいのかわからないと眉《まゆ》を寄せるしかない。

「ああ、だから困らなくていいから。ね？」

そっと頭を抱《かか》えられ、甘い声をかけられて、ますます朋樹はため息をついた。

「べつに、困っちゃねえけど」

ぼそりと言って、あちこちをいじる手に好きにさせる。見た目やわらかな弥刀なのに、案外とその手のフォルムはごつくて大きい。力強い手なのに、手のひらはやわらかい。

弥刀のこういう態度というのは、おそらくは習い性だ。ふだんから他人に対して物腰《ものごし》がやわらかいほうだが、つきあう相手にとことん甘い性質であるのはうんざりするほど理解させられている。

こうしてかまわれることには慣れた。害意がまったくない手というものが無防備に自分の身体《からだ》へと伸《の》べられること。それは、常に警戒《けいかい》を怠《おこた》らず生きてきたような朋樹には不思議だが、抱擁《ほうよう》や接触を拒《こば》むにはむずかしいほど、弥刀の手は心地《ここち》いい。

(こういうの、いらねえと思ってたんだけどな)

なぜ大人《おとな》は恋愛《れんあい》関係に陥《おちい》り、抱《だ》きあわなければならないのだろう。そんなものはなくてもいいんじゃなかろうか。かなり本気でそう考えていた朋樹に、弥刀は独特のやわらかい声で言ったことがある。

――大人は、子どもと違《ちが》って誰にも抱っこしてもらえないだろ。恋《こい》だの愛だのって大義名分をつけなきゃ、触《ふ》れるのもむずかしい。

抱っこ、という言葉が大人の男の口から出るのがおかしかった。そして子どものころにもそんな覚えはないと言ったら、弥刀はますますやさしく、哀しく笑って朋樹を抱きしめた。

慣れた手つきで、短い髪《かみ》をさらりと撫《な》でられるのも、子ども扱《あつか》いをろくに受けたことのない朋樹にとっては微妙《びみょう》な気持ちになる。

朋樹は物心つくのが非常に早かった。二歳程度のころから記憶《きおく》がすでにあり、幼い目に映したのはすべて、母の泣き顔ばかりだ。幼児期、目の前にいてもっとも触れる機会の多かった大人は、朋樹にとってはむしろ、誰かに庇護《ひご》されるべき存在でしかなかった。

苦労の多い母は、それでも歪むことなく懸命《けんめい》に朋樹を大事にしてくれていたと思う。母親というものの持つ砂糖菓子《がし》のような甘さを、彼女のできる限り、朋樹に注いでくれていた。

そんな彼女を、できることならば守ってやりたかった。だが幼く力のない朋樹は、母を助けることもできず、また朋樹自身、他人——自分以外の存在をそうと定義するならば——をかまう余裕《よゆう》などなかったのも事実だ。

父からは拳《こぶし》と言葉の暴力をもらった。兄は、けっして交《まじ》わらないラインの遠くを歩く者だった。もはや戸籍《こせき》上は他人となった彼らと隔《へだ》たった距離《きょり》は、いまだに埋《う》まる気配もないまま現在に至っている。

「そういえば、お母さんは元気？　いま、タイにいるんだっけ」

朋樹がつらつらと考えに沈《しず》んでいたら、まるで見透《みす》かしたようなことを言うからどきっとした。弥刀はこういうところが妙に鋭《するど》い。やはり感受性が強いからだろうか、と思う。

「元気……らしい」

「らしいってなに？」

歯切れの悪い朋樹の言葉に弥刀は目をまるくし、よくわからないから、と素直《すなお》に答える。

「手紙は一回来た。日本出るときにやった、餞別《せんべつ》、ありがとうって」

母親の再婚《さいこん》相手は、パートに出ていた会社での上司だった。相手の男性があちらへ転勤となるのをきっかけに、プロポーズされたのだそうだ。

出国前に再婚相手に会ってくれと言われ、渋々《しぶしぶ》一度だけ顔を見せたことがある。つれあいをだいぶ以前になくし、そのため独身生活の長かったという男性は、けっしてハンサムでもないし、やや小太りであったが、やさしげな風貌《ふうぼう》を裏切らない、誠実で穏《おだ》やかな性格をしていた。

──きみのお母さんみたいなきれいなひとに、図々《ずうずう》しいと思ったんだけどね。

汗《あせ》をかきかき、お母さんをぼくにくださいと頭を下げる彼に、こちらこそよろしくと朋樹も返礼した。父に学生時代に強引《ごういん》に手をつけられ孕《はら》まされ、若くして朋樹を産んだ母はまだ四十代で、誰かと人生をやりなおす時間はいくらでもあると思う。それがあの、おっとりとした誠実そうな男性であるのなら、問題はまったくなかった。

「あっちは物価安いから、社宅もお屋敷《やしき》みたいにでかいらしい。メイド雇《やと》って楽な暮らししてるらしい。奥様とか呼ばれて慣れねえって言ってたな」

苦労の多い母だったが、うつくしい顔に似合わず質素なひとだった。贅沢《ぜいたく》に興味がないあたりも似ているのかもしれない。朋樹が笑うと、弥刀はなぜか眉をよせた。

「返事書いたの?」

「いや……あのひといるし、邪魔《じゃま》しても悪いだろう」

「電話は」

「俺がかけると思うか？」

　至極当然のように朋樹が答えると、弥刀は顔をしかめた。なんだ、と思っているうちに、ぺたりと腰《こし》に絡《から》めていた腕《うで》をほどいて立ちあがる。

「なんだよ？」

　長い脚《あし》での歩幅《ほはば》は大きい。あっという間に居間を往復した弥刀が戻《もど》ってくると、「ん」と突《つ》き出されたその手には電話の子機が握《にぎ》られていた。

「電話、かけなよ。いま、ここで。タイなら時差も二時間程度しかない、お昼だし、問題ないだろ。朋樹のことだ。住所も電話番号も頭に入ってるはずだ」

「ちょ、なんで」

「なんでじゃない。こまめにコミュニケーション取るクセつけておかないと、朋樹はほんとに年賀状レベルのつきあいしかしないに決まってる。へたしたら、自分からは連絡《れんらく》なんか一度もしないだろ」

　ずけずけと指摘《してき》する弥刀こそが、連絡不精に翻弄《ほんろう》された最大の被害者《ひがいしゃ》だ。そのせいか説得には含《ふく》みもある気がして、朋樹は顔をひきつらせた。

「お母さん、もう日本に戻ってくることないかもしれないんだろ？」

「……あっちの工場の支社長まかされたらしいし、業績あがるまでは帰れねえだろって」

「それ目星はどの程度なの」

「いや、わかんねえけど最低五年……任期延びたら十年とか……」

答えを聞いたとたん、ずい、と弥刀は子機をつきだす。いよいよ朋樹は顔を歪《ゆが》ませ「なんだよ」と目をつりあげた。

「用事もないのに電話なんかかけたって、話すことねえよ」

「元気ですか、そっちはあたたかいですか、贈《おく》ったものはどうですか。その三つでいいから話しなさい。あとはお母さんが喋《しゃべ》ってくれるから。やってごらん」

少し前まで専門学校の講師をしていた弥刀は、ときどきこういう先生口調になる。確実に上からものを言っているのに、ソフトな声のせいか反発しにくい。

「交換手《こうかんしゅ》とか出るの面倒《めんどう》くせえし……」

「いつの時代の話してんの。いまは大抵《たいてい》直通になってるよ」

これ以上ぐずるなと睨《にら》まれ、渋々子機を受けとり、覚えた海外のナンバーを押す。こういうとき、記憶力がいいのを熟知されているのも厄介《やっかい》だと朋樹は内心舌打ちをする。

コール音がふたつ鳴ったところで、すぐに通話がつながった。

『――HELLO?』

「俺、だけど」

『朋樹⁉』

音も鮮明《せんめい》だ。受話器を取った相手が、メイドではなく母親だというのはすぐにわかったが、相手もそうだったようだ。

『なあに、どうしたの。電話なんてめずらしい』

「あ、悪い。用事とかあるなら切る」

『まさか！　連絡くれて、本当に嬉《うれ》しいのよ。元気なの？　今日はお仕事は？　あっ、土曜日はまだ休みなのかな。あのね、うちの旦那《だんな》さんは今日は休日出勤で工場なの。わたしは朝食食べたところなんだけど、朋樹は？　そっちはもうお昼よね？』

母もいささかテンパッているようだと、矢継《やつ》ぎ早《ばや》の言葉に圧倒《あっとう》されつつ思う。通話口から漏《も》れてくるはしゃいだ声が弥刀にも聞こえたのだろう、「ほらね」と言いたげに苦笑《くしょう》している。

「俺が喋る暇《ひま》がねえじゃねえかよ……」

『あっそうね、ごめんなさい。うん。聞く。なに？』

いまのは弥刀に言ったのだったが、母は勘違《かんちが》いしたようだった。まあいいか、と開き直り、朋樹は弥刀に言われたとおりの言葉を発した。

「元気か？　こっちまだ寒いんだけど、そっちは？」

『うん、もうぽかぽかしてるっていうより、暑いくらい。日本は、まだ春よね。風邪《かぜ》引いてない？　寮《りょう》って、ちゃんと暖房《だんぼう》はあるの？』

問う三倍は返ってくるそれに辟易《へきえき》しつつ、だいじょうぶだ、問題ないと答えると、今度は問いかけるよりも早く、餞別に贈ったものへの礼が来た。

『あのとき、朋樹がくれた大きなスカーフ、とても重宝《ちょうほう》しているのよ。こっちは陽射《ひざ》しもつよいから、夏は日焼け防止に肩《かた》にかけたり、冬はもちろん、首に巻いて使うわ』

タイは冬にはいったとしても、日本での秋くらいにしか寒くはならないだろう。けれど母はとても嬉しげな声でそう言った。

「あれは、知りあいに、選んでもらった。よく、わかんねえから」

なんだかそこまで喜ばれると、こっちの尻《しり》の据《す》わりが悪い。いささかぶっきらぼうな声を出すしかない息子《むすこ》に、母は嬉しげに笑うばかりだった。

『そうでしょうね、とてもセンスがいいスカーフだったから』

言うなあ、と苦笑すると、母は少しだけ潤《うる》んだ声で言った。

『それでも朋樹がくれたものだもの。あなたの働いたお金なのに、ありがとうね』

警察学校は『学校』とは付くものの、実質的には給与《きゅうよ》を支払《しはら》われながらの研修期間をすごす特殊《とくしゅ》訓練校になる。その初任給から貯めていた金で、朋樹は母への贈り物を購入《こうにゅう》した。そのことは、母をひどく感激させたようだった。

『どうせ、自分のものなんか、なにも買ってやしないんでしょう』

「べつに、いるものは買ってる」

『なにもしてあげられなかったのに、こんなにいいもの……ごめんね。本当に、ごめんね』

涙《なみだ》ぐむ母は、工場に出かけているという夫に大事にされ、いま幸せなのだろう。まくしたてる口調すら、以前よりもずっと若々しくなり、声に張りもあった。だからこそ、過去を詫《わ》びる言葉など、朋樹は聞きたくなかった。終わったことは終わったことなのだ。

「謝るなよ。俺は元気だ。なにも、問題ないし、あんたが気にすることはなにもない」

『うん……うん。ありがとうね』

本当に、本当に嬉しそうに喜び、だからこそ涙がこらえきれなくなった母親に、なにを言っていいのかわからなかった。だから、いろいろと話したがる彼女に困ったように「もう切るから」と言ってしまった。

『えっ、もう切るの？』

「世話になってる知りあいんちで、電話借りてんだよ。そのひとがスカーフ選んでくれて、かけろってうるせえから」

こんな言い訳がましいことを口にする自分こそが恥《は》ずかしくなった。母に対してはいつもこうだ。なにを言えばいいものかわからず、ひたすら無愛想《ぶあいそう》になってしまう。

『あら、ごめんなさい。でも、いいひととおつきあいしてるのね。お礼、言っておいて』

「いいひと、って……」

なんとなく声のニュアンスで、彼女がなにか果てしない勘違い――おそらく彼女だと決めつけたのはわかった。だが否定するにも、弥刀との関係性を思えば、非常に微妙《びみょう》なところに抵触《ていしょく》するので朋樹は黙《だま》りこむしかない。

『よろしく言ってね。じゃあね朋樹、風邪ひかないでね。元気でね』

「わかった、わかったから」

とにかく、もういいからとなだめて電話を切ると、変な疲《つか》れを覚えた。はあ、とため息をついたところで、弥刀に子機を突き出す。

「……とにかく、かけた……」

「はい、頑張《がんば》りました」

くすくすと笑いながら受けとった弥刀は「コーヒーでも飲む？」と微笑《ほほえ》んでいる。「頼《たの》む」と朋樹はうなずいて、ソファにどっかりと座ると、凝《こ》った肩をまわした。

「声、聞こえたけど若いね。朋樹のお母さんていくつ？」

「あー、たしか二十三くらいで産んでっから、いま四十五とか六か？　よく覚えてねえけど」

母の年齢《ねんれい》などあらためて考えてもいなかった朋樹が概算《がいさん》で答えると、マグカップをふたつ手《て》盆《ぼん》で運ぶ弥刀は、ひきつった顔を見せた。表情の意味を悟《さと》り、朋樹は「ああ」と声を出す。

「そういや、あんたと俺より、あんたとお袋《ふくろ》のほうが歳が近いのはたしかだな」

「言うなよそれ。果てしなくへこむ……」

映像作家という職業柄《しょくぎょうがら》、弥刀はかなり見た目が若い。精神的な部分でも、いわゆるサラリーマンの同世代よりみずみずしい部分は多いが、実際には三十代後半、大台も近い。朋樹がからかうと一瞬《いっしゅん》だけ渋面《じゅうめん》をつくったが、ふと彼はなにかに気づいたような顔をした。

「え、待って。朋樹を二十いくつで生んだって……お兄さん、かなり年上じゃないの？」

いまさらの問いに、朋樹は苦笑した。笑《え》みがあまりいいものでないことは知れたのだろう、弥刀はしまったという顔をするが、朋樹はできるだけさらりと告げた。

「たいした話じゃねえよ。兄貴を生んだときのお袋は、婚姻適齢《こんいんてきれい》になってなかったってだけだ。認知《にんち》はされたけどな」

声を軽くしたところで、事実は重い。以前、母が十代で兄を生んだとは話した覚えがあるけれど、そこまでとは予想していなかったのだろう、弥刀は絶句する。

「言っただろ、お袋、勘当《かんどう》されて大騒《おおさわ》ぎになって、だから中学までしか行けなかったって……そこまで言わなかったか」

「いや、勘当は聞いてたけど、年齢は、初耳……」

言わないほうがよかったかと、朋樹は失敗を悟った。

「まあ、十六になって籍《せき》も入れたから、一応は問題ねえんじゃねえの。いまのご時世だったらあのクソオヤジ、淫行《いんこう》罪で大スキャンダルだな」

早婚《そうこん》の女性も探せばいなくはない話だととりなしたが、朋樹の家の事情をある程度知る弥刀は、彼こそが痛々しい表情をした。

（んっとに、感受性が強いっていうか）

あれこれ考えて、胸を痛めているのだろうと苦い笑みが漏れた。朋樹自身、あまりこの話を掘《ほ》り下げたくはなく、話を変えることにする。

「でも志澤さんも歳とらねえ感じだよな。あんな重圧抱《かか》えこんでるわりには」

下手《へた》な気遣《きづか》いを察したのだろう、弥刀はそれに乗ってみせた。

「ああ……あそこの家系はみんな、ある程度の年齢で老けこむのが止まるんじゃないの。会長なんか、九十超《こ》えてんだよ、あれで」

うへえ、と呻《うめ》いた朋樹は志澤靖彬《やすあき》の顔を思いだして舌を巻く。いまだ財界に大きな影響《えいきょう》を及《およ》ぼす老人は、友人の藍とにこやかに笑っている姿しか知らないが、精力的な老翁《ろうおう》だ。

「一之宮も年齢不詳《ふしょう》だしなあ。なんかもう、その辺の顔ぶれのなかじゃ、俺がいちばん早死にしそうだな」

「――そういうこと言うの、よしなよ」

冗談《じょうだん》めかした言葉は、思いがけず強い語調でたしなめられた。驚《おどろ》いて、口をつけようとしていたコーヒーから顔をあげると、弥刀は自分が痛いような顔をしている。

「なんだよ、なんつう顔してんの。シャレだろ？」

「朋樹の仕事は危ないんだから、俺にとってはシャレになんないよ」

まじめな顔で告げられ、対処に困る。こういうときの弥刀は、朋樹の手に負えないものがある。そんなに心配しなくとも、なにも問題はないと言っても引かないのだ。

「まだ研修中だっての。迷子のきんぎょちゃん捜《さが》しくらいしか、してねえよ」

「いまは、だろう？　次に刑事課《けいじ》にいったら、どうなの」

「そっちだって、たいしたことなんかねえって」

このところで覚えた、軽めの口調で会話を逸《そ》らした。実際には、潜在的《せんざい》な危険はないと言いがたい職種であるのは、朋樹自身がいちばん知っている。身体訓練を繰《く》り返し、くどいほどに自身と対象者の安全について教えこまれるのは、それだけ危険が身近だという証拠《しょうこ》だ。

だが、とくに惜《お》しむものもない。自分についてならば、どこが傷《いた》もうが苦しかろうが、身体《からだ》は治癒《ちゆ》するし心もダメージを受けることはないと知っているからだ。

弥刀は、それこそが哀《かな》しいと言う。朋樹がまるで自分を放り投げているように思えるらしい。しかし、そうと言われても、嘆《なげ》かれるほどに自暴自棄《じき》であるとは、朋樹自身は思っていない。

ただ、あるがままの事実は、あるがまま受けとめればいい。起きてもいないことを嘆くほど、ペシミストでもない。いま目の前にあるリアルだけ見ていれば、心は平和だと思うのに、弥刀はいろんなことでつらくなるらしい。

「心配すんな。怪我《けが》には気をつける」

「そういうことじゃないんだけどなあ……」

ため息をついてつぶやいた弥刀が、肩《かた》に頭を載《の》せてくる。見た目のとおりやわらかい、けれどこしのある、きらきらした色の長い髪《かみ》が甘いにおいを漂《ただよ》わせて、朋樹の頬《ほお》をくすぐる。この感触《かんしょく》は、とても好きだ。

くしゃくしゃと撫《な》でて、軽く叩《たた》く。まるで犬の撫でかただと、ときどき弥刀は怒《おこ》るけれども、感触を味わうために好きに触《ふ》れるとこうなってしまう。

「あんたも、律儀《りちぎ》に休日空けとくこと、ねえぞ。仕事、つまってんだろが」

「いやだ」

「いやだって、なんだそりゃ。俺、研修中ったって、いきなり休み潰《つぶ》れることだってあるぞ」

弥刀の仕事上、カレンダーの休日は関係ないはずだ。けれど彼は、朋樹のために土日は絶対に家にいるように確保している。

「いいんだよ。罪悪感植えつけて、強制的にここに来させるためなんだから。無駄《むだ》になってもかまわない」

そんなうそぶきで、朋樹のためだけの時間を作り、いつでも待っていると、ここが居場所なのだと教えようとする。

そうまでされる価値が、いったいどこにあるのか。空いた時間は自由に使えばいいと思うのに、この件についてだけは、柔軟《じゅうなん》なはずの弥刀はどこまでも頑固《がんこ》だ。

「ダダ捏《こ》ねんなよ、大人《おとな》だろうが」

「大人だからダダ捏ねるの」

言いながら、腰《こし》を抱《だ》く手に作為《さくい》がこもる。おい、と睨《にら》んでもどこ吹く風《ふ》と、弥刀はめくりあげたシャツのなかに手をいれて、引き締《し》まった腹筋をやさしく撫でた。

「身体だけでもトリコになってくれればいいのになあ」

わざとらしく、くすんと鼻を鳴らして甘える男の頭を朋樹はひっぱたく。

「どこのポルノの台詞《せりふ》だ。やんねえぞ今日は。毎日チャリ乗ってんだっつったろ」

「入れないなら、いいだろ」

首に嚙《か》みついて甘えてくる男に「トシ考えろ」と諫《いさ》めたのはどうも逆効果だったらしい。

さきほど、母親と年齢が近いと告げたことで妙《みょう》な感情を刺激《しげき》されたのか「若いって認めるまで放《はな》さない」などと大変腐《くさ》ったことを言われ、その日は夜までベッドに縛《しば》りつけられた。

手管に翻弄《ほんろう》され、挿入《そうにゅう》しないからと言った言葉のとおり、脚《あし》の間に挟《はさ》まされたそれで朋樹自身を激しく追いあげられてしまえば、貪欲《どんよく》に腰が動く。

射精まで駆《か》けあがる、ほんの数秒の悦楽《えつらく》のために汗《あせ》まみれになる時間は、どこか滑稽《こっけい》と思いつつも、馴染《なじ》んだ肌《はだ》のにおいには、抗《あらが》えなかった。

挑《いど》むだけ挑んでおいて、弥刀は結局、朋樹よりさきにダウンした。寝顔《ねがお》を眺《なが》めるまでもなく、疲《つか》れがたまっているのはわかるとつぶやいたのは、夜半すぎ。

「無理しやがって、あほかっつの……」

朋樹はJPSをふかしながら、熟睡《じゅくすい》する男の長い髪を引っぱって、呆《あき》れのため息とともに煙《けむり》を吐《は》き出す。

汚《よご》れた肌をシャワーで流すのが精一杯《せいいっぱい》で、弥刀はすとんと落ちるように寝入《ねい》った。

現在の弥刀は、新しい映画のための構想を練りつつ、以前から引き受けているCFの作成や、映画賞を取ったせいで増えた講演などに振《ふ》りまわされて、朋樹よりよほど多忙《たぼう》だ。

休むなら休めと言ってあるのに、土日は確保するからいつでも来てくれと言って譲《ゆず》らない。

（俺にばっか気ぃ遣うなよ）

大事にされるということが、重たくもむずかしい。負担ではないのだ。どう返せばいいのかわからなくて、困るだけで。

――いいんだよ、朋樹はそのままで。

笑う弥刀に、そうは言われてもと思ってしまう。同時に、なんの酔狂《すいきょう》で、顔も身体もよければ名声も手にいれかけている男が、自分ごときにこだわっているのだろうと不思議にもなる。

抱きたいと言ってくるけれど、とくに自分がうまいとも、いい身体をしているとも思えない。自身を卑下《ひげ》するわけでもなんでもなく、むしろ弥刀のような男には、やわらかく甘い空気の美女や美青年が似合うと思う。近い世界の人間のほうが、無理をせずにすむのではなかろうかと、朋樹は考えているし、弥刀自身、本音はそう思っているらしい。

――なんで俺は、朋樹に惚《ほ》れちゃったかなあ。

たまに、なんだかとても困ったような顔でつぶやくのは、嫌《いや》みでも繰り言でもなく、彼自身の単なる疑問だ。そのとおりだと言ってやったら、だよねえ、などと相づちを打っていた。

――それでも、朋樹じゃないといやなんだけどね。

つけくわえたそれもまた本音と知るから、非常に困って、結局その会話をした日もセックスをした気がする。

（する、のは気持ちいい。つうか、それしかわからん。けどものすごく飢《う》えてもない）

基本的に淡泊《たんぱく》な性質の朋樹は、あまり快楽を積極的に求めてはいない。だが正直言って、顔をつきあわせて、手持ちぶさたに困惑《こんわく》する朋樹を前に、弥刀に無為《むい》な時間をすごさせるくらいなら、セックスをしているほうが気が楽なのは事実だ。

娯楽《ごらく》も興味がないから、一緒《いっしょ》にいてなにが楽しいかと思う。来たところでせいぜい、弥刀がふってくる話に答えるか、そうでなければ彼の撮《と》った映像作品をじっと眺めているばかりだ。それくらいなら、とりあえずふたりで快感でも追うほうが、いる理由としては適している気がする。弥刀に言えばおそらく、そんな即物的《そくぶつ》なと哀しい顔をされるだろうが、もしかしたらとうに、この感受性の強い男は気づいているかもしれない。

もともと、弥刀のことは苦手だった。一方的なファンだったということもあるが、物腰《ものごし》のやわらかさや、冗談《じょうだん》めかした会話、洒脱《しゃだつ》な雰囲気《ふんいき》というものが、あまりに人種として違《ちが》いすぎる気がして、出会いからずっと、接するのに困惑した。

その苦手感は、だいぶくだけた会話もできるようになったいまでも、完全には払拭《ふっしょく》されていない。

「いやじゃ、ねーんだけどなあ」

つぶやきは、煙草《たばこ》の煙とともに、誰も聞くもののない部屋にゆらりと漂って消える。

同じ温度を返せないことが、申し訳なくももどかしい。困るけど、厭《いや》ではない。この微妙《びみょう》な感覚は、弥刀と知りあい、こんな関係に陥《おちい》るまで、一度も経験がない。

怒りなら、わかりやすい。激したなにかを他人にぶつけることならばできる。しかし、そうした内圧を、弥刀はふわりと受けとめてしまうから、妙な肩すかしを食《く》らった気になる。

そのままでいろと言われても、こんなあいまいな感覚を持ったままでいることは、朋樹のほうが音をあげそうだ。かといって、ではどう変わればいいのだと考えても。

(やっぱり、わからん)

意味もなくかぶりを振って、朋樹は手にした煙草をもみ消し、ベッドサイドの灰皿に放りこんだ。

なるようにしかならないか、と諦《あきら》めて、眠《ねむ》りについた男の隣《となり》にもぐりこむ。

弥刀の体温は少し低くて、けれど早春には充分《じゅうぶん》に、甘いあたたかさがあった。

＊　　＊　　＊

週が明け、交番に出勤した朋樹は、困り果てた顔で小さな少女を見おろしていた。

「おまわりさん、きんぎょちゃんは、いましたか？」

「あ……ごめん、いなかった」

ありましたか、ではなく、いましたか。そう尋ねてくる舞の質問に、「まだだよ」と答えるのは苦しい。

「そうですか……」

落とし物が見つかったら電話をすると言ったのに、毎日、学校の行き帰りに舞は交番を訪ねてくる。そして、毎日同じ返事をもらってはしょんぼりと肩を落として去っていく。

「巡回《じゅんかい》、してんだけどなあ」

「まだ見つからないか」

つぶやいた朋樹に、大木も「まいったね」と苦笑《くしょう》する。舞の悲愴《ひそう》な顔を見るのがつらいのは、こちらも同じようだ。

「あれって、親はどう思ってんですかね？」

財布《さいふ》をなくしてああまでしょげかえっている娘《むすめ》に、気づかないこともないだろう。そう朋樹が問いかけると、大木はうなずいた。

「母親はとっくに気づいてるんだ。ただ、舞ちゃんが言わないでくれって頼《たの》むもんだから、とぼけてるしかないだろうってな。巡回中に、お手間かけてすみませんと言われたよ」

「ああ。やっぱり」

「でもまあ、ありゃぼちぼち限界だな。自分で捜《さが》し歩くのも危ないし、母親に代わりを作ってくれるように言っておいたが」

思いつめた舞が遅《おそ》くまでひとりで行動したり、遠出するようなことになっては危ない。いつ見つかるかわからないから、交番に顔を出したらすぐに家で待つよう言い含《ふく》めたが、あの年ごろの子どもは思いもよらない行動力を示すこともある。

地域課の研修期間もあと十日。なんとか見つけだせてやればいいのだがと、朋樹はこのところ、勤務時間を終えても近隣《きんりん》をまわっている。

「……巡回、行ってきていいぞ」

「え……」

「日の明るいうちにいかなきゃ、見つかるもんも無理だろうがよ」

行ってこい、と背中を叩《たた》く大木にうなずいて、朋樹は自転車の鍵《かぎ》を取りあげた。

だいぶ覚えた町内をくまなく巡《めぐ》りつつ、やはり重点的に、舞の小学校から自宅までのルートをたどってしまう。途中《とちゅう》にある公園や、川べりの土手の草むらなどにも分け入り、捜してみても、やはり赤いポシェットは見つかる気配もない。

「今日はちっと、ルート変えてみるか」

がしゃんと音を立ててペダルを踏《ふ》む。かなりの距離《きょり》をまわったせいか、制服のなかの身体《からだ》がかすかに汗《あせ》ばんだ。

ベッドタウンであるこの街は、住宅街に入りこむと、とたんに道が狭《せま》くなった。下校途中らしい、黄色い帽子《ぼうし》をかぶった児童たちが集団下校をしている。

歩行の邪魔《じゃま》にならないよう、道の端《はし》によけ、にぎやかに喋《しゃべ》る子どもの声を聞きながら視線をあちこちに向けていた朋樹は、そこで妙《みょう》な違和《いわ》感《かん》を覚えた。

曲がり角のさき、カーブミラーのなかに映ったものに、目を留める。電柱の脇《わき》で路上駐車《ちゅうしゃ》している車のなかで、一瞬《いっしゅん》なにかが光った気がした。

（なんだ？）

顔をしかめ、不自然でない程度に自転車の速度を落とし、壁《かべ》ぞいにできるだけ身を寄せた。まだこの距離なら、向こうから朋樹の姿は死角になって見えないはずだ。

中古のカローラ。一見はなんの変哲《へんてつ》もない自家用車だ。しかし、薄汚《うすよご》れてグレーがかったそれは、毎日の警邏《けいら》の途中、いままで一度も見かけたことがない。

（近隣に訪ねてきた客か、セールスマンの車か……いや、でも）

なにかが、おかしい。なにとは言えないまま、曲面ミラーに映る歪《ゆが》んだカローラを睨《にら》んでいた朋樹の脇を、なにも気づかない少女たちが大声をあげながら走っていく。

「……でねー、ミチヨがそのときね……」

「えーっ、やだー！」

そのとたん、またちかりと、謎《なぞ》の光。カメラのレンズが反射したものだと気づいた瞬間、朋樹は自転車を漕《こ》ぐ脚《あし》に力をこめた。

ジャッと、砂利《じゃり》を踏むタイヤの音をさせ、一気に車の前に飛び出すと、たしかに車の窓から望遠レンズが覗《のぞ》いている。徐々《じょじょ》に近づくにつれ、ナンバープレートを眺《なが》めた朋樹ははっとする。いかにも泥《どろ》はねに汚《よご》れたように見えるが、横浜とある文字のさき、狡猾《こうかつ》に全部のナンバーが読み取れないようになっているのだ。

「ちょっと、そこのカローラのひと――」

声をあげ、職務質問をかけようとした瞬間、カメラがさっと引っこめられた。制服警官の姿を認めたとたん、車はすごい勢いでエンジンを吹《ふ》かし、朋樹が現れたのと逆方向へと走り出していく。ちらりと見えた運転席の男は、黒縁《くろぶち》の眼鏡《めがね》をかけた長髪《ちょうはつ》の小太り。

「待て！　止まりなさい、そこの、横浜――くっそ、プレート隠《かく》すな！」

叫《さけ》んで必死に追うが、さすがに警邏用のボロ自転車と自動車では速度が違いすぎる。大通りに出るあたりで完全にその姿を見失い、「ちくしょう！」と叫んだ朋樹は汗だくになった頭から制帽《せいぼう》を取り、悔《くや》し紛《まぎ》れに地面に叩きつけた。

＊　＊　＊

白っぽい自家用車は、塗装《とそう》がはげかかったシルバーのカローラ。運転席にいた人物も、少女わいせつの容疑者として、報告されていた人相と一致《いっち》した。

汗まみれで戻《もど》った朋樹が大木に報告すると、管轄《かんかつ》の警察署へと連絡《れんらく》が取られ、近隣の小学校には警戒《けいかい》が呼びかけられた。とはいえ、まだ起きていない事件に所轄署が動くわけもなく、巡回警備は朋樹や大木と、近場の交番警官らの仕事となる。

近隣学校の登下校時にはとくに警戒態勢を取るため、警邏は自転車ではなく、ふたりひと組でのパトカーでの巡回に切り替《か》えた。

運転するのは朋樹のほうで、大木は周囲に厳しい目を向けている。朋樹の発見から五日目、いまのところ該当《がいとう》する車は発見されていない。

「同じポイントに出てくれるかどうか、わかんないすよね」

「警戒してるかもしれんしな。だが、一ヶ月ぶりに姿を見せたんだ。まだ一ヶ月と見るか、もう一ヶ月と見るか、だが」

カメラを持っていたあたり、なにかこのあたりの少女に目星をつけているのかもしれない。

ぞっとしない話を、いつもの陽気さをなくした大木が語る。

「この巡回が抑止力《よくしりよく》になってくれれば、まだいいが……」

答えることはできないまま、朋樹も鋭《するど》く目を光らせる。万が一にも、いやな事件など起きてほしくはない。眉《まゆ》をひそめたままの朋樹を見やり、大木はふと声音《こわね》をあらためた。

「ぼちぼちここの研修も終わりだな。あと何日だ？」

「えーと、月末までなんで……ちょうど月曜日まで、ですね」

「週末挟《はさ》んでるから、実質的には今日入れて三日か。……次、刑事《けいじ》課だったか？」

「あ、はい」

現在警察学校に所属する朋樹にとって、この交番が最初の実習場所となった。これから刑事課、その後は生活安全課、交通課、そしてまた地域課という各部署をまわり、適性を見られることになっている。卒業後にはいったん地域課に配属され、その後、各部署に配属となる。

「配属の希望、あるのか」

「まだ、はっきりとは見えません」

問われて、正直に答える。とくに警察というものに憧《あこが》れを持っているわけでもなかった朋樹にとって、たとえば白バイ乗りになりたいだとか、刑事になりたいだとか、そういう具体的な目標のようなものはない。逆に、やりたくないことだけはある。

「どこでもいいので、現場に関《かか》わって、なんらかのかたちで人助けができればとは思ってますが」

「はは。そりゃ警察全部ってことだな」

おおらかに笑う大木に「あいまいですかね」と問えば、いいんじゃねえのと彼は言う。

「逆に、変な夢見てたり、バイク乗り回してえから交機に行きたいってやつよりはマシだ」

「本気でいるんですか、そういうの」

「いるさ。まあ……おまえなんか、逆に内部から見ちまったから、夢もなにもないかもな」

同情的に苦笑《くしょう》する大木に、朋樹は無言で肩《かた》をすくめた。朋樹の兄が警察官僚《かんりょう》であることは、関係した連中の公然の秘密になっている。そして兄弟が、他人よりもお互《たが》いに無関心であることも、いつしか知れ渡《わた》っていた。

「刑事課いったらもっときついぞ。警察庁を目の敵《かたき》にしてるやつもいるからな」

「ま、覚悟《かくご》はしてます」

それで偏見《へんけん》的に見たりする人間もいれば、大木のように、多くを語らずとも理解してくれる人間もいる。ひとは、それぞれだ。その程度でへこたれる根性《こんじょう》ではないと、朋樹は口の端《はし》だけで笑った。

「ところで、大木さんは、どこ希望だったんですか」

「俺？　希望なんかなかったな。公務員なら国が相手で食いっぱぐれがなくていいと思った。ただ、事務員やるほど細かい性格でもないんでな、じゃあ身体動かすかって」

「俺と同じじゃないですか」

茶化しつつ、地域住民に慕《した》われる大木が口ほど軽い気持ちで職務についているわけではないのは、この短い期間でも知れた。出世コースからは望んではずれているらしく、絵に描《か》いたような『町のおまわりさん』をまっとうしているこの先輩《せんぱい》を、朋樹は好ましいと思う。

「ま、希望しようとどうしようと、なるときはなるし、ならんときはならんさ」

「そんなんで、いいんですか」

いいのいいの、と手を振《ふ》る大木に「アバウトな」と苦笑する。

「……いないみたいですね。ぼちぼち、戻りますか」

「だな、このあたりはもう、まわったし……」

あたりはすっかり日が暮れていた。時計を見れば、交代の時間も近づいている。小学生たちもひととおり、帰宅した頃合《ころあ》いだろう。

交番を無人にするわけにはいかないので、時間差で近くの交番と協力しあっている。人員を要請《ようせい》したところで、手が空いている人間がいるわけもないのだ。

「じゃあ、戻るか。今日も無駄足《むだあし》だが、無駄なら無駄なほうがいい」

「そうですね。あ、ちっとコンビニ寄っていいすか」

昼は食べたし動くのは車に乗ってだが、緊張《きんちょう》していたせいか腹が減っていた。巡回《じゅんかい》ルートと少しずれるが、ついでに買いものをしていいかと問えば、大木は目をまるくしつつも許可をくれた。

「おまえ、よく食うなあ」

「大木さんにもコーヒー、おごりますから」

朋樹がハンドルを切り、パトカーはここ数日たどった道を少し逸《そ》れて、大通りのコンビニへと向かう。そのまま、なにごともなければ、数分後には交番へと戻っていた——はずだった。

信号待ちになり、弁当を買うかおにぎりか……などと警戒を解いていた朋樹の眼前、脇道《わきみち》から薄汚《うすよご》れた車が現れた。そして、パトカーの前だというのに、信号を無視していきなり急発進する。直感的になにかを悟《さと》り、朋樹は、隣《となり》の大木に向かって声をあげた。

「大木さん！」

「追え！」

アクセルを踏《ふ》み、夕暮れの街を走る、グレーがかったカローラを追う。プレートはやはり、泥汚《どろよご》れのままだ。大木は車に搭載《とうさい》された拡声器のマイクを持った。

『止まってください。そこの横浜……プレートの汚れたカローラのひと、止まってください』

警告を発しても止まらなければ、手配の無線をかけるしかない。だがさすがにパトカーに追われ、周囲に喧伝《けんでん》されてはたまらなくなったのだろう、思うよりおとなしく、道沿いにある公園の駐車場《ちゆうしやじよう》へと入りこみ、カローラは停車した。

いちばん奥まった、樹木の多い、人目につかない場所に停車するのは、うしろぐらさからだろうか。

まずは大木が車を降り、運転席に座ったままの男へと、窓ガラスをたたいて話しかける。

「すみません、お話いいですか？」

「なんですか……」

免許証呈示《めんきよしようていじ》を求めると、「なぜだ」とぐずぐず言い張る。子どもに言い聞かせる口調で大木は話しかけた。

「あのね、プレート。だめですよ、汚《よご》れたまんまにしちゃ、ね？　こういうの、道路交通法違《い》反《はん》になっちゃうんですよ」

にこにことしながら、大木がいかにも「用件はそれだけだ」という風情《ふぜい》で相手の懐《ふところ》を探《さぐ》る。

男はくぐもって聞き取りにくい声で言い訳をした。

「雨、降って……洗車してないから、気づいてなかったんですよ」

「そうですか。でもねえ、決まりだから。免許、見せてくださいね？」

脂《あぶら》っぽい長髪《ちょうはつ》の男は、いやそうに顔をしかめながら免許を出した。朋樹へと手《て》渡《わた》され、確認《かくにん》のために本部に無線を入れる。交換手《こうかんしゅ》に番号の照会を求めると、ほどなく返答があった。

川辺弘章《かわべひろあき》とあるそれの写真は本人に間違《まちが》いなく、偽造《ぎぞう》ではないらしいと認められて、大木にうなずいてみせる。彼はなにごともなかったかのような顔で、川辺に問いかけた。

「じゃあ、念のため車のなか、拝見させていただいていいですかね？」

「なんでですか。プレート洗えばいいんでしょう！」

川辺の顔色は真っ青だった。助手席には大ぶりな望遠レンズのついたカメラが転がっているのを朋樹は確認する。問いつめたかったが、大木が後ろ手で牽制《けんせい》するため、なにも言えない。

「まあまあ、まあ。そういきりたたないで。なにもないなら、なにもなくていいんだから」

穏《おだ》やかに語りつつ、大木の態度にまったく隙《すき》はない。むしろ威圧感《いあっかん》もないのに逆らわせない空気だけは強く、朋樹はひそかに感心し、先輩警官の仕事ぶりを見守った。

「申し訳ありません、ダッシュボードもあけていただいていいですか」

「なんでだよ！」

「念のためですから」

川辺も、いまここで抗《あらが》うのは得策ではないと悟ったのだろう。渋々《しぶしぶ》、といった体《てい》でぐずっていたが、観念してダッシュボードを開ける。

なかには、ゴミクズや汚れたタオルなどがぎっしりと詰《つ》まっていたが、「失礼」と断った大木がそのなかを探ると、とんでもないものが出てきた。

「川辺さん、これなんですか？」

「なにって……」

大木が摘《つま》みあげたのは、サバイバルナイフだった。答えに窮《きゅう》した川辺に、大木は少しだけ声を低くする。

「ナイフはね。所持する理由なく持っていると、それだけで問題なんですよ」

「さ、魚釣りして、さばくためのナイフだよ！　なにがいけないんだよ！」

「なるほど、レジャー用……にしては大きいですね。じゃあ、釣り道具も当然、積んでらっしゃいますよね？　ちょっとトランクも、あけてください」

大木の言葉に、「必要ないだろう！」と川辺は叫《さけ》ぶ。

「必要です。確認ですから。持っている理由があるなら、とくになにもありませんから」

それからしばらく、また川辺はぐずった。だがナイフを見られた以上はあまり強く出られないのだろう。のろのろとした動作でトランクを開けた。

「佐倉、確認」

「はい」

待機していた朋樹は、やっと動く許可を得て息を呑《の》んだ。白手袋《てぶくろ》をきっちりはめ直し、汚れたトランクの蓋《ふた》を開ける。なかにはスポーツバッグのような鞄《かばん》がふたつある。

「こちら、確認します」

厭《いや》な予感を覚えながら車のトランクに積まれた鞄を開けば、そこには本格的なカメラ機材やビデオ、盗聴器《とうちょうき》など、予想どおりのものが詰めこまれていた。釣り道具などはどこにもない。

そして、それだけではなく――。

「……こちら、なんですかね？」

大木が、苦い顔を隠《かく》せずに問いかける。

　ふたつめの鞄の奥からは、使用済みの少女用とおぼしき小さな下着はおろか、卑猥《ひわい》な性の道具、鞭《むち》やロープなども、続々と出てきた。川辺の顔は真っ青だ。

「な、なんだよ。ただの趣味《しゅみ》の範疇《はんちゅう》じゃないか。べつに問題ないだろ」

「趣味……？」

　つぶやいた朋樹は、胃の奥から酸《す》っぱいものがこみあげる気がして、全身を総毛立たせた。

証拠品《しょうこ》の山はあきらかに使いこまれた気配があった。目の前の男が、ただの盗撮《とうさつ》だけではなく、実質的な痴漢行為《ちかんこうい》か、もしくはわいせつ行為を行っているのだと、証拠品たちは物語っている。

「児童に対するわいせつ行為は犯罪ですよ」

「お、俺じゃないよ、俺じゃないし」

　ぶるぶるとかぶりを振る男をなおも追及《ついきゅう》しようとする朋樹を、大木が肩《かた》を叩《たた》いて諫《いさ》める。

「そうですね、そのあたりはお話をうかがいませんと。ですが――この写真は？」

「お、お、俺のだぞ、触《さわ》るな！」

　必死に荷物へと覆《おお》い被《かぶ》さろうとする男を引き剝《は》がし、朋樹がさらに検分すると――目にするのもおぞましい、少女をいたぶった写真の山。しかも目の前の男とおぼしき姿がたしかに写っている。購入《こうにゅう》したものではないのだと悟り、朋樹は首筋が総毛立った。

「まあ、ナイフの件もありますし。署で、お話を、うかがえますかね」

　目を光らせた大木が、押し殺《ころ》したような声を発した。男は挙動不審《ふしん》に目を泳がせているが、朋樹はその写真の山のなかから、赤い布製のものが出てきたことに衝撃《しょうげき》を受けていた。

金魚の形、赤い布。薄汚れたそれを摘みあげると、鼻先につんとくるものを覚えた。

（まさか）

不可解によれたそのポシェットからは、異様なまぐさい臭《にお》いがした。母親の情がこもった手作りのそれを摘みあげれば、粘《ねば》ついたなにかが乾《かわ》いたあと。白く粉《こ》を吹《ふ》いたそれがなんであるかなどと、冷静に判断する前に、朋樹の額にいやな汗《あせ》が噴《ふ》きだし、指先が震《ふる》えた。

わななくそれで近くにあった写真を確認すると、そこには黄色いスカートで這《は》いつくばる、少女の下着が見える写真が数点。

（……舞ちゃん）

服装の一致《いっち》で、あの日の——泣きながら朋樹のもとにはじめてやってきた日の写真だとわかった。おそらく少し離《はな》れた距離《きょり》から望遠レンズで撮《と》ったものだろう、微妙《びみょう》なピントのずれがあるそれは、懸命《けんめい》に泣きながら、なくしたものを必死に捜《さが》す少女の後ろ姿を執拗《しつよう》に追っている。

スカートは無防備にめくれ、ときにはへたりこんで頰《ほお》をこすっているものもあった。痛々しいとしか言いようのない姿なのに、撮影者《さつえい》の意図を反映してか、それは異常なまでの卑猥さをかもしだしている。

あんなにも純粋《じゅんすい》に心を痛めた少女の落とし物を、この男はどうしてか拾いあげ、そして彼女が必死に捜す姿を、こんな貶《おとし》めるようなやり方で写真に残していた。

赤いポシェットで性器をしごき、下卑《げび》た笑いを浮《う》かべ、射精しながら撮影する姿さえも瞼裏《まなうら》に浮かび、朋樹はきつく眉《まゆ》を寄せる。

びりり、とこめかみの奥で音が鳴った。朋樹が好んで聴《き》くラウドなパンクソング、そのドラムとベースラインの絡《から》みあう瞬間《しゅんかん》のような、激しく低く響《ひび》く重低音。神経を引っ掻《か》く、血流を乱すそれが、脳の奥に大音量で鳴り響く。

それが、かつてないほど激しく高鳴るおのが心音と、しばらくは気づかなかった。

「……あんたが撮ったのか」

「え？」

「あんたが、これを、撮ったのか」

かすれきった声は、職務中に心がけるべき丁寧《ていねい》さを失っていた。白手袋のなかで、証拠の写真が握《にぎ》りつぶされていく。震えあがった男は、さきほどと同じ言い訳を口にした。

「しゅ、趣味の写真だ。なにか問題があるか？　ただ、女の子を、撮っただけだろう」

「趣味、趣味か……そうか」

ぎり、と奥歯が砕《くだ》けるのではないかというほどに、噛《か》みしめられる。

赤いかわいらしい金魚。きんぎょちゃんと名前をつけ大事にしていたそれをなくしたとき、泣きながら、舞は言った。

——ママがかわいそう。

（ふざけんな）

母親の情が、舞の涙《なみだ》が、この男に汚《よご》された。あまつさえ、この日こうして露呈《ろてい》しなかったなら、川辺はいったい、つけまわした舞に、なにをするつもりだったのだろうか。

許せなかった。

ぶわっと全身の毛穴が開き、アドレナリンがすさまじい勢いで分泌《ぶんぴつ》されるのがわかる。頭の血管が数本、切れた気がした朋樹は、考えるより早く拳《こぶし》を振《ふ》りあげた。

「この、変態、が……っ」

「ばか、やめろ、佐倉！」

大木の制止に、朋樹は一瞬《いっしゅん》我に返った。びゅっと風を切る音を立て、青ざめた被疑者《ひぎしゃ》の鼻先寸前で拳が止まる。

「いちいち殴《なぐ》ってカタをつけるのが俺たちの仕事じゃねえだろうが！」

「……っ、すみま、せん」

「処分くらったらどうするつもりだ。落ち着け」

怒りで、目がぎらついているのがわかった。肩で息をするほどの憤《いきどお》りを覚えたのはひさしぶりだ。こめかみの奥の重低音は、まだ鳴りやまない。

まばたきも忘れて睨《にら》みつけたさき、ガチガチと歯を鳴らして怯《おび》える川辺がいる。しかし卑小《ひしょう》な男は、大木に羽交《はが》い締《じ》めにされた朋樹を見て、歪《ゆが》んだ笑《え》みを浮かべて叫んだ。

「うっ、訴《うった》えてやるからな！　警察官が民間人に暴力ふるうなんて！」

「あぁ⁉」

「ど、どうせ俺の罪状なんか、たいしたことないからな。すぐに出てきてやる。捕《つか》まったって、たいしたことないし、何度だって同じことはできるんだからな」

反省という言葉をまったく知らない男の言い分に、目の前が赤く染まった。

この種の性犯罪者は、刑罰《けいばつ》の軽さを甘く見ている者も少なくない。裁判で反省を促《うなが》され、二度とやらないかと問いかけても「またやるだろう」と堂々宣言する人間も多い。

拳のなかに爪《つめ》がめりこむほど、握りしめる。暴力でカタはつかない、わかっている、そのためにいまこの制服を着て、朋樹はここにいる。

だが何度言い聞かせようと、恥《は》じることも懲《こ》りることも知らないこの厚顔《こうがん》な男に、なにをどうしてやればいいというのだ。憤りに震えながら立ちつくしていると、ふっと背後から、なにかを押し殺したような声がした。

「……佐倉、すまん。俺は年でな」

「大木さん？」

朋樹の肩から、頑強《がんきょう》な手が離れていく。ふっと軽くなる身体《からだ》に驚《おどろ》くと、大木はのんびりとした声を発した。

「最近、目も耳も遠いんだ。周囲も誰もいないなあ。やれ、困った困った」

大変わざとらしくつぶやいた大木の顔は微笑《ほほえ》んでいたが、目の色は朋樹のそれ以上の憤りをたたえている。

「抵抗《ていこう》もすごいし、大変だよなあ捕《と》り物は。押さえつけるついでに、ちょっとばかり荒《あら》っぽくなるのも、昔はよくあったもんだ」

やれやれと言いながらうしろを向いた先輩《せんぱい》に目礼して、朋樹は固く握った拳をもう一度震わせる。そしてふたたび、腕《うで》を振りあげた。

「ひい！」

繰《く》り出した拳は、たるんだ顎《あご》さきをかすめるようにして、背後の樹へとめりこんだ。みしり、という音を立てて樹皮は剝がれ、衝撃にゆさりとプラタナスが揺《ゆ》れる。男は、真っ青になったままその場に崩《くず》れ落ちた。

「な……なに、する……っ」

「ああ、申し訳ありません、つい手が滑《すべ》ってしまいました」

ひくひくと引きつる頰を笑いの形に歪め、残酷《ざんこく》に朋樹は微笑む。

「署までご同行を願います。そのあとのお話は担当の者が伺《うかが》うと思いますが——二度と、このようなことをなさらないよう、しっかり反省していただきたい。そうでなければ」

こうまで腹が立ったのはいったい、どれくらいぶりだろうと思いながら、息を、吸って、吐《は》く。にいい、と口角が吊《つ》り上がる。

恫喝はしない、暴力もふるわない。それは警察官がすべきことではない。けれど、ぎらつく目だけはどうにも、おさえきれない。朋樹は相手を射殺《いころ》すような眼力でもって静かに宣言した。

「出所のあかつきには、俺がいつでも、あんたがどこにいても、待っておりますので」

逃《に》がさないと告げる朋樹の目の光に、男は蒼白《そうはく》になり、しゃがみこんだ。震える手に手錠《てじょう》をかけた大木が、時計を見る。

「川辺弘章さん、午後六時三十三分。銃砲刀剣類所持等取締法違反《じゅうほうとうけんるいしょじとうとりしまりほういはん》容疑により、逮捕《たいほ》します」

所轄署《しょかつしょ》へと無事川辺を引き渡《わた》したのち、大木がぽつりと言った。

「見逃《みのが》してやったのによ」

なんのことを言われているのかはすぐにわかった朋樹は、大木を睨む。

「それで大木さんに迷惑《めいわく》をかけるのは、俺の本意じゃないです。つか、ああいう場は抑《おさ》えてください よ、指導するのが大木さんの役目でしょうが」

「しょうがねえよ、おまえがキレなきゃ俺がキレそうだった」

唆《そそのか》すなとさらに睨めば、食えない大木はからからと笑った。

「ふて腐《くさ》れんな。ま、おまえの目ぇ見りゃ、殴られるよりびびるだろう」

ぽんぽんと肩《かた》を叩《たた》かれ、ぐっと、なにかをこめるように大木は強く指に力をこめる。

「これからさき、長いことこの仕事をやっていくことになる。いろんなこともある。ひとの腐り具合にいやになることも、……組織の腐り具合にいやになることも」

「大木さん？」

「それでも、おまえのその目がずっと濁《にご》らないなら、俺は、おまえの指導にあたったことを、誇《ほこ》れる気がする」

次の研修も頑張《がんば》れと、強く背中を叩かれた。

これでひとつ、カタがついたのはたしかだ。けれど朋樹は、もうひとつの難関が待っていることを、忘れてはいなかった。

＊　＊　＊

「……なんで？」

舞は、大きな目いっぱいに涙をためて、朋樹を見あげていた。

「ごめん」

「どうして、舞のきんぎょちゃん、捨てちゃったのっ⁉」

叫《さけ》ぶ舞は、交番の前で細い脚《あし》を踏《ふ》ん張り、ぎゅっとスカートを握《にぎ》りしめている。

川辺を逮捕した翌日、朋樹は舞の携帯《けいたい》に連絡《れんらく》を入れた。

真実を告げるわけにはいかず、ましてや証拠品《しょうこ》として押収《おうしゅう》された——精液まみれのそれを渡すわけにもいかず、いったいどうすればと大木に相談したら「自分で考えろ」と告げられた。

なんの言い訳も浮《う》かばず、結局朋樹が言えたのは、不器用なひとこと。

『ごめん。大木さんが見つけたんだけど、俺が、ゴミと間違《まちが》えて捨てちまった』

言ったとたん、舞はぶつりと電話を切った。そして数分後、はあはあと息を切らしながら交番に走ってきて、朋樹に怒りをぶつけたのだ。

「なんで、そんなことしたの？　舞のだよ！　舞のなのに！」

「……ごめん」

「ひどい！　ひどい！　捜《さが》してくれるって、見つけたら電話くれるって、いったのに、うそついた！」

ごめんと、それしか言えないまま、朋樹は黙《だま》って舞の怒りを受けとめた。真っ赤になって泣きながら、ぽかぽかと朋樹の腿《もも》あたりを叩く。彼女はそれほど小さいのだ。

娘《むすめ》を追いかけて走ってきた、まだ若い母親は、よしなさいと舞をいさめた。

「舞、よしなさい。おまわりさんだって、困るでしょう」

「だって、ママが！　ママ、きんぎょちゃんで、おてて怪我《まゆ》したのに！」

わんわんと泣く舞に手を焼いたように、母親は眉《まゆ》をさげた。だが、ふだんはおとなしい舞も、数日間期待と不安に揺さぶられたあげくの結末に、興奮がおさめられないようだった。

「きらい！　おまわりさん、うそつき、きらい！」

舞が、制服のズボンを掴《つか》んで体当たりするように泣く。見かねた母親は、癇癪《かんしゃく》を起こした娘の肩を掴んできつい声を発した。

「舞！　もういいかげんにしなさい！」

「やーっ！」

「いや、いいです……舞ちゃん、ごめんな」

大暴れし、泣きじゃくる少女に力なく告げると、舞の母親が眉をひそめて目顔で詫《わ》びてくる。

朋樹は、無言でかぶりを振《ふ》った。

舞の携帯に連絡を入れる前、母親には今後の警戒《けいかい》の意味もあると、事情を説明してあった。

『舞ちゃんには、俺のせいってことにしておいてください。それと、代わりのものを、作ってあげてください』

『でも、それじゃあ、あなたが悪者になってしまいます』

電話で、母親はそこまでしなくても、と言った。だが、朋樹は見つけてあげるから、などと、安請《やすう》け合いをした自分が悪いと譲《ゆず》らなかった。

真実を、この幼い少女に伝えたくはなかった。けれどそれで、こんなに泣かれてしまったならば、自分が傷つけたことには変わりないではないかと、苦い唾《つば》を飲む。

「舞、きんぎょちゃんなら、新しいの作ってあげるから。もうやめなさい」

「あれがいいの……うう——……うえっ……」

泣きすぎてえずきはじめ、げほげほと咳《せき》をした舞に頃合《ころあ》いと見たのか、母親が抱《だ》きあげて背中を叩く。むくれた顔で母の肩にしがみつき、舞は小さくしゃくりあげるばかりになった。

やがて、泣き疲《つか》れたのか、抱きあげられたまま眠《ねむ》りこんでしまう。

「申し訳ありませんでした。助けていただいたのに」

「いいえ。私が、力及《およ》ばずでしたから」

「とんでもありません。でも……本当に、いいんですか？」

問いかけに、朋樹はかぶりを振って「いいのだ」と答えた。おぞましい欲望のはけ口として狙《ねら》われていたなどと告げるより、無能な警察官が失敗したと言うほうが、きっと舞の心に疵《きず》はつかない。

「どうせ私は、あと数日で研修も終わりになりますから」

「え、そうなんですか。いつ？」

「週明けの月曜日が、最後の日です。私の姿も見なければ、そのうち、忘れてくれますよ」

忘却《ぼうきゃく》がなによりの薬だと、朋樹は静かに笑った。寝入《ねい》った娘を抱いた母親は、朋樹の苦笑《くしょう》に対して、黙って深々と頭を下げていた。

＊　　＊　　＊

舞に大泣きされた当日、金曜の夜。朋樹は弥刀に【明日からそっちに行ってもいいか】とメールを打った。むろん速攻《そっこう》でＯＫの返事が来た。

【いつでもいいよ、待ってます】

突然《とつぜん》の、しかもおそらくはじめての、朋樹からのおとないの打診《だしん》だ。訝《いぶか》しむはずの男は、しかしいっさいの詮索《せんさく》をしてこなかった。

「いらっしゃい」

土曜の昼、いつものようににっこりと微笑《ほほえ》み、ドアを開いた弥刀は、朋樹がなにを言うよりもさきに、長い腕《うで》に囲いこむ。ふだんならば、じゃれつくなと突《つ》っぱねる広い胸に、朋樹は押し殺《ころ》したようなため息をつくしかできなかった。

「おつかれさま。ごはん食べてきた？」

「食ってねえ」

その返事だけでも、察するには余りあったのだろう。弥刀は朋樹の定位置である居間のソファに座るように告げると、台所からいい香《かお》りのする皿をすぐに運んできた。

「昨日、ちょうど藍くんが来てくれてね。また食べてないんでしょうって、いっぱい備蓄《びちく》食料作り置きしてってくれたんだ」

「あいつの飯食うの、ひさびさだな」

「いっぱいあるから、どうぞ」

あたためればすぐ食べられるものがいいでしょうと、料理上手の友人はシチューや煮物《にもの》などをこしらえていったらしい。何時間も煮込んだビーフシチューと、これは弥刀が炊《た》いた白米を、朋樹はもくもくと腹に入れていく。

「……食欲、ない？」

大皿によそったシチューも、おおぶりの茶碗《ちゃわん》のごはんも、それぞれ二杯《はい》のおかわりですませたら、そんなことを問われた。朋樹にしてはたしかに、小食とも言える量だが、おかしくて笑ってしまう。

「こんだけ食ったら、食い過ぎってふつう言うだろ」

「きみのブラックホールの胃袋《いぶくろ》知ってる人間からすれば、おなか壊《こわ》したのって感じだよ」

わざとらしく肩をすくめた弥刀に、はは、と力なく笑って、朋樹はソファの背もたれに身体《からだ》を預ける。食後のコーヒーを勧《すす》めた弥刀は、それを淹《い》れるために中座した以外は、無言のまま、少しの距離《きょり》を置いて隣《となり》にいた。

「あんたほんと、こういうとき、なんも訊《き》かねえな」

コーヒーをひとくち啜《すす》り、苦みのなかにある甘さを味わいつつ朋樹がつぶやくと、弥刀は首をかしげて覗《のぞ》きこんでくる。

「訊いてほしいなら、訊くよ。でも、そうじゃないなら、ここにいるよ」

「なんだよ、それは。ていうか、なんで笑ってんだ、あんた」

「んん、嬉《うれ》しいから、かな？」

「嬉しい？」

さらりと、長い髪《かみ》が広い肩《かた》から滑《すべ》り落ちる。穏《おだ》やかな弥刀の表情がやけに嬉しそうにも見えて眉を寄せると、形のいい唇《くちびる》がさらに笑《え》んだ。

「怒《おこ》らないでくれるといいんだけど。話の内容は、俺にとってはさほど、重要じゃないんだと思う。ただ、そういう顔をした朋樹が、俺のところに来ることを選んだのが嬉しい」

「……この仏頂面《ぶっちょうづら》がか」

「そう、その仏頂面」

くすくすと笑って、弥刀はテーブルにほうってあった煙草《たばこ》を取りあげた。一本をくわえたあと、目顔で「吸う？」と差し出される。軽く手をあげてもらい煙草をしたあと、差し出された火で先端《せんたん》をあぶった。

無音の部屋で、隣《とな》り合わせに座ったふたりは正面を向いたまま、静かに煙草をくゆらせる。ぷかりと煙《けむり》を吐《は》くタイミングはばらばら。空気清浄《せいじょう》機能もあるというエアコンが、煙をまたたく間に散らしていく。

なかほどまでが灰になったころ、朋樹はくわえ煙草のまま天井《てんじょう》を見あげ、だらりとソファの背に腕をかけたまま、倦怠感《けんたい》もあらわな声を発した。

「女の子にさあ」

「うん？」

「うそつきって大泣きされた」

「へえ。朋樹はいったいいつの間に、そんな男前なことするようになったかな」

くすりと笑った弥刀は、伏《ふ》し目のまま煙草の煙をゆるゆると吐く。やわらかく茶化されて、なんだか黙《だま》っているのもただ意固地なだけだという気がして、朋樹は、おそらく自覚的にはじめて吐く愚痴《ぐち》を、弥刀にさらした。

ぽつり、ぽつりと事件のあらましを語るうちに、煙草は根本まで灰になった。

次の一本は、自分の胸ポケットから出す。弥刀のマルボロとは違《ちが》う、馴染《なじ》んだＪＰＳの味に舌が痺《しび》れて、苦い。

「誰でもない、朋樹はちゃんと、その子の心も全部護《まも》ったよ」

あらかたを語り終えると、弥刀は彼ならばこう言うだろうと思った、そのままを口にした。

朋樹は、人生はじめての愚痴にも、自分にもうんざりしながらかぶりを振った。

「でも、泣かせた」

「ほんの少しね。でもやさしい嘘《うそ》が大事なこともある。真実を語るよりよっぽど、舞ちゃんは護られてる」

「けど、もうちょい、言いようはあったと思う」

「……へこんでるねえ」

煙草を消した弥刀に、「ちょっとおいで」と手招きされて、にじるように近寄れば抱《かか》えこまれたあげく、頭を撫《な》でられた。朋樹は憮然《ぶぜん》としたまま、首を振《ふ》ってその手を拒《こば》む。

「やめろ。今日は、慰《なぐさ》められたくねえ」

荒《あら》く言い捨て、灰皿に煙草を押しつけて消す。崩《くず》れた茶色い葉が妙《みょう》に汚《きたな》らしく見えて、こめかみがひりひりとするほど苛立《いらだ》った。だが弥刀は朋樹の癇性《かんしょう》な仕種にも表情にも怯《ひる》むことはなく、ふたたび長い腕を伸《の》ばして抱えこんでくる。

「おいって！」

「慰めてないよ、褒《ほ》めてるの」

腕のなかから見あげた弥刀の顔は、どこまでもやさしく微笑んでいる。ふだん、悪態をつき、ため口も叩《たた》いている相手が、自分よりずっと年が上なのだと感じるのはこんなときだ。

微笑んで許し、甘やかすだけの懐《ふところ》を弥刀は持っている。彼自身は自分をあまり好きではないようだし、こうしたことも偽善《ぎぜん》じゃないかと考える自虐癖《じぎゃくへき》もあるのだが、傷ついたのは誰かを見極《みきわ》め、その手を伸ばすことについて、弥刀はためらわない。

怒りにかられる自分とはまったく違《ちが》う意味の、強さを持っているんじゃないかと思う。

「褒められることしたのか、俺は。キレて犯人ぶん殴《なぐ》りそうになって、大木さんに見逃《みのが》されて、舞ちゃん泣かせて」

「でもあの子に真実を知らせたら、泣くどころじゃなかったと思う。そうだろ？」

眉《まゆ》をひそめ、朋樹はうつむいた。電話口で舞の母親に事情を話した瞬間《しゅんかん》、彼女の声はひきつっていた。嫌悪《けんお》と驚愕《きょうがく》、そして恐怖《きょうふ》に歪《ゆが》んだ顔が見えるようだった。大人《おとな》ですらあれなのだ。幼い舞に受けとめられるとは思わない。

「……その犯人が犯《おか》してしまった、過去の罪についてては哀《かな》しいことだし、俺も腹が立つけど」

「うん」

「なにより、つけまわしてた男を未然で捕《つか》まえられた。お手柄《てがら》だったね、えらいよ」

うん、とうなずいて、肩の力を抜《ぬ》いた。頭を撫でられるのも、もう拒まなかった。

じっと見あげると、弥刀は穏やかな目で朋樹を見ている。なにかをたしかめるようにずっと、色の薄《うす》いそれを眺《なが》め続けた朋樹の手が、無自覚のままあがる。

「ん？」

形をたしかめるように、弥刀の顔を触《さわ》った。頬《ほお》はなめらかな手触りがして、唇は、少し疲《つか》れているのかかさついている。じっと、かすかに白っぽくなった唇を見つめていたら、勝手に言葉が溢《あふ》れた。

「あんたなら、どうすっかなって、考えたんだ」

朋樹がつぶやくような声で告げると、弥刀はどういう意味だとかすかに首をかしげる。

「俺が？　なに？」

「舞ちゃんに。そのまんま言うか、それとも嘘つくか」

ひとの心を慮《おもんぱか》るのが苦手な朋樹にとって、思いやるための行為《こうい》の指針となるのは、あの繊《せん》細《さい》そうで芯《しん》の太い友人と、弥刀だ。そして誰かにやさしくするということにかけて、朋樹の周囲で、この男以上にうまい人間はいない。

「そうやって考えたら、たぶん、嘘つくんだろうなと思った。護るために」

ただし弥刀ほどじょうずな、やさしい嘘はつけなかった。そこはやはり真似《まね》できないらしいと、朋樹は苦く笑ってみせる。

「慣れねえことは、するもんじゃないな。失敗した」

「……そんなことは、ないよ」

ふわりと吐息《といき》を混ぜた声で、弥刀は言った。ほんの少し垂れた目尻《めじり》に触ると、くすぐったいのか反射なのか、小さく笑って目を閉じた。

濃《こ》い影《かげ》を落とす、長い睫毛《まつげ》のさきに、かすかに水滴《すいてき》が絡《から》んでいた。たぶん、さきほどの話にも、この涙《なみだ》もろい男は痛みを覚えたのだろうと気づいた瞬間、なにかが胸の奥にこみあげた。

（あー、なんか、きた）

なるほどこれか。不意に湧《わ》いた情動を朋樹が自身で理解するより早く、弥刀の唇に自分のそれを押しつけていた。

弥刀は『びっくり』という表現がいちばん似合う顔で、驚《おどろ》いている。

「……どしたの」

「や。したくなった」

正直に答え、もう一度、今度は首のうしろに手を回し、長い髪を指でいじりながら唇を重ねてみる。足りない、と思って深く吸いつき、舌を入れたら拒まれなかった。

「んー……」

声をあげたのは弥刀のほうだった。背は高いし体つきはしっかりとしているが、おそらく力押しになったら朋樹が勝つ自信はある。

試《ため》しにぐっと体重をかけて押し倒《たお》してみると「んん!?」と喉《のど》声をあげて弥刀が床《ゆか》に転がった。

なにごとだと目をまるくしている相手にのしかかり、そのまま粘《ねば》ついた口づけを続けていると、弥刀はまた小さな喉声をあげる。

「ちょっと朋樹、なに、急に」

「あんたは、きれいだよな」

「はい!?」

床に流れた長い髪《かみ》を梳《す》いてそう告げると、なぜか弥刀は赤くなった。

「からかうのよしなって、いい年のオッサン捕まえて」

「まあ、顔は多少、老けてきたかと思うけど」

目尻を撫でながら言うと、自分でふっておいて弥刀は憮然となる。おかしくて、喉奥でくくっと笑った朋樹は、ほんのかすか、胸につかえていたものが軽くなったのを知った。

「嘘だよ。大木さんとたいして年かわんねえのに、冗談《じょうだん》みてえに若いし」

「……そりゃ、どうも？」

なにが言いたいのかわからず困惑《こんわく》する彼の頬を、朋樹はもう一度撫でる。

「と、もき？」

いきなり積極的になった自分を訝《いぶか》しむ声を、嚙《か》みついて飲みこむ。舌をぬるりとまわす。うまくなったと言われる口づけをしつこく続けていると、手のひらに伝わる弥刀のかすかな反応。皮膚《ひふ》のした、薄く身体《からだ》を護る程度の脂肪《しぼう》、いまだ衰《おとろ》えることなく躍動《やくどう》的な筋肉、血管を流れていく血液、生きている男の呼吸がこうして触《ふ》れているだけでなぜか朋樹の肌《はだ》も汗《あせ》ばませる。

息が乱れ、口づけに濡《ぬ》れた唇《くちびる》を指で拭《ぬぐ》って、もう一度かじりつく。唇を執拗《しつよう》に求めてしまうのは、女性器に似た赤みのせいだとか聞く。ならば男にキスをするのはなぜか。朋樹には理解不能な、ちりり、と熱い、なにかのせいとしか言いようがない。

キスをほどくと、唾液《だえき》が糸を引いていた。弥刀の息も荒く、唇はさらに赤くなった。

「きれいな顔だよな」

「く、口説《くど》かれてるのかなあ、俺」

「ははっ」

うろたえる弥刀というのが非常に面白《おもしろ》くて、朋樹は声をあげて笑う。身体のしたには、自分よりも背の高い男がいて、マウントポジションでまたがっているのが不思議だった。

むしろ、こうして力をこめても壊《こわ》れないだけの体格でいてくれることに、どこか安堵《あんど》した。舞のように小さな子どもや、藍のような細い少年や、少女たちのきゃしゃな身体に、朋樹は、母親に対して持っていたような、恐怖に似た怯みを覚える。

弥刀はたぶん、簡単に壊れたりしない。朋樹が触れても傷《いた》まない。そのくせに誰より、朋樹のことで胸を痛める。弥刀が朋樹を抱《だ》きしめるとき、まるで包みこむようにしてくる。ばかだなあ、と思う。そんなに大事にしなくても、自分は平気なのに、ばかだなあ。

呆《あき》れと同時に、いままでに知らない奇妙《きみよう》ななにかが、怒《いか》り以外に動くことの少ない心臓が、ちりちりとする。だから広い肩《かた》を摑《つか》んで、また唇を寄せた。

弥刀は、いよいよ朋樹の情動が性的に高まっていることに気づいたようだった。

「え、なに。もしかして、めずらしくサカってる？」

「疲れっと、そうなるんだろ。それに、前にも言った。俺にだって性欲はある」

「いやでも、さっきの流れでどこをどうしたら……うわ！」

のしかかったまま、張りつめたそれをぐいと押しつけてやる。手の甲《こう》で唇についた唾液をぬぐい、兆《きざ》した高ぶりをこすりつけながら、無防備に開いた胸を撫《な》でた朋樹がはあっと息をつくと、弥刀がほんのかすかに怯《ひる》んだ。

「やり、たいの？」

「んだよ。びびんなよ。突《つ》っこんでもかまわねえって、前にあんた言っただろ」

細めた目の奥に野性的な光を見つけた弥刀は、ぐっと息を呑《の》んだ。

安堵と興奮のはざまで、あわく、ゆらゆらして定まらないそれは、こうして弥刀に触れるときにだけ感じるものだという自覚は、さすがにある。

正直、いまだに恋愛《れんあい》や執着《しゅうちゃく》というものには、あまり理解が及《およ》んでいない。あのきゃしゃな友人のように、自分のすべてを誰かに預けようとする感情は、怒り以外には基本のテンションが低い朋樹にとって、もしかすると一生、実感として得ることはないのかもしれない。

「しょうがねえだろ。とりあえず、いまんとこ、やっぱあんた以外に勃起《ぼっき》しねえや」

「……ありがたいんだか、怖《こわ》いんだか……」

情けなく笑って、弥刀は「どうするの？」と問いかけてくる。たぶん、抱いてもいいということなのだろうと朋樹は判断し、しばし考えた。

してみたい、とは正直思う。

少し以前、たわむれに、ほどこされた愛撫《あいぶ》を返したとき、弥刀は微妙《びみょう》な反応をしていた。受け身のセックスはしたことがないとは言うが、どこからどう見ても遊びまくっていた男だ、かなりきわどい経験——まあ前立腺《ぜんりつせん》マッサージくらいは、されたことがあるらしい。

「でも、突っこまれたことはねえんだろ？　じゃ、今日はやめとく」

「じゃあ、今日は、ってどういうこと？」

「俺やったことねえし、疲《つか》れてっから。お互《たが》い未経験じゃうまくできないし、痛いばっかだろ」

弥刀が自分に与《あた》える、しつこいくらい丁寧《ていねい》な愛撫を、未経験の朋樹がうまくできるとも思わない。弥刀を痛がらせてまで抱きたいとは思っていないし、そこまでの征服《せいふく》欲もなかった。

だが、朋樹の淡泊《たんぱく》な答えに、弥刀は引っかかったようだった。

「なんか、それってどっちかが経験してりゃいい、みたいに聞こえるんだけど」

「ん？　だって事実だろ」

なにがおかしいと朋樹が目を瞠《みは》れば、弥刀は微妙な顔をしていた。

「前にもそうだったけど、朋樹さあ、俺がほかのひとと、エッチなことしても、平気なの？」

「あ？　まあ。やりたきゃ、いんじゃねえの」

本心からそう思っているので、あっさりと答えた。だが弥刀が一瞬《いっしゅん》、傷ついたような顔をするから、やっと理解した朋樹はつけ足す。

「ああ。そっか。前に靖那《やすな》のとき怒ったの、それか」

「え……？」

「セックスとか、弥刀さんにはけっこう、感情面での比重が重いんだな。俺、とくにすごくしてえとか、したくねえとか、ねえから。そういうのがわかんねえ」

たかが生理的反応、欲求を満たす行為《こうい》に、朋樹は重きを置いていない。だから弥刀が、その手のことに感情を持ちこむ理由が、ずっとわからなかったと告げると、彼はそれこそ意味がわからないと首をかしげる。

「それって、どういうこと」

問われれば、朋樹は弥刀にまた、少し過去の話をせざるを得ない。あまり言いたくないと思うのは、朋樹より弥刀が気にするのはわかっているからだ。それでも、言い渋《しぶ》る朋樹をじっと、色の薄《うす》い目で見る弥刀には負けるしかない。

朋樹は、自分は案外この目に弱いらしいと、苦笑《くしょう》を滲《にじ》ませた。

「たぶん、モラルの基準が少し、いかれてんだ。オヤジ絡《がら》みで、裏の接待の話とか、ガキのころから耳に入ってたせいだろうな。座敷《ざしき》に何人呼んだとか……アジアにツアーにいったとか」

「ツアーって、まさか」

「……ガキ買いに行くんだよ。えらいオッサンらが、ツアー組んで」

言いながら、さすがに朋樹の顔も歪《ゆが》む。政治家、官僚《かんりょう》と呼ばれる連中のすべてがそうとは言わないが、バブル期の裏舞台《ぶたい》ではたしかに醜《みにく》い閨房《けいぼう》接待が跋扈《ばっこ》していた。もともと性的なことについて、未経験のうちから、父やそれを取り巻く人種の厭《いや》な話ばかり見聞きしていたせいか、身体と心の反応がまったくべつであるということばかり、理解してしまったのだ。

朋樹の母親も、父に手込めにされて、即妊娠《そくにんしん》だったらしい。以前は、そんなはじまりでなぜふたりめまで作るんだと不思議だったけれど、たぶんそれも強姦《ごうかん》まがいだったのだろう。

（これは、このひとに言うのはやめとこう）

いまの話だけでも、弥刀はかなり顔色をなくしている。少年期にそんなものを知る羽目になった朋樹の境遇《きょうぐう》について、彼は朋樹よりも傷ついて苦しいらしい。

「ともかく。そういうわけで、色事に感情論がくっついてるんだっつうのは、俺にとっちゃ、どっちかっていうと、本だので学んだ、あとづけの理論なんだ」

わかってくれただろうか。そう思って覗《のぞ》きこめば、やはり弥刀の目は潤《うる》んでいる。

「……だからあのとき、靖那となにがあっても気にしないって、言ったのか」

「正直、あんたがしんどそうな顔するのも、意味がよく、わからなかった。ごめんな、鈍《にぶ》くて」

苦笑して、悪かったと告げると、弥刀は苦しげに眉《まゆ》をひそめ、朋樹の身体を抱きしめてくる。

ああ、またなんか哀《かな》しくさせたのかと思いながら、くしゃくしゃと髪を撫でた。

「だから泣くなっつうのに」

「無理言うな」

自分はなにも、可哀想《かわいそう》じゃない。そう告げると、わかっていると弥刀はうなずく。可哀想だなどと言われたなら、おそらく朋樹は侮辱《ぶじょく》と受けとめただろうし、そのプライドを、弥刀はよく理解している。

「俺はなにも気にしてねえし、しんどくもねえんだよ。……あんたが泣くほうが困るよ」

「代わりに泣けって言ったのは、そっちだろ」

哀《あわ》れまれるのではなく、ただかなしいと涙《なみだ》するから、弥刀を受け入れられるのだと思う。そして、こころの一部を預けられるのだと思う。

「あんたがメンタルなとこで、ふさぐほどのことじゃねえよ」

このダダ大人《おとな》。笑って、朋樹はしがみつく弥刀の顔を両手で摑み、顔をあげさせ、やさしい目尻《めじり》を撫でる。濡《ぬ》れた指を舐《な》めて、挑発《ちょうはつ》した。

「どうでもいい。疲れてるんだ。憂《う》さも晴らしたい。……抱けよ。早く、やろう」

「どうしてそうかなあ、朋樹は……っ」

悔《くや》しげに呻《うめ》いて、弥刀が唇《くちびる》に嚙《か》みついてくる。ぬめりとともに忍《しの》び入ってくる舌を笑ったまま受けとめた朋樹は、いままでにないほど高ぶっている自分を知る。

耳の奥に鳴り響《ひび》く、警鐘《けいしょう》のような鈍い金属音は、怒りのそれに似ている。けれどもっと純度が高く、凶暴《きょうぼう》で、胸を衝《つ》くような甘さがあった。

触《ふ》れあう唇を、理屈《りくつ》などなくただ、欲《ほっ》した。

＊　＊　＊

みしり、と軋《きし》むのはベッドのスプリングと、無理に開かれた身体《からだ》の奥だ。鈍い痛みを感じるのは、疲労《ひろう》のせいもあるだろうし、この日のセックスがすでに三ラウンドめにさしかかっているせいでもあるだろう。

おまけに、腹のうえに乗りあがった体勢は変えないまま、弥刀のうえで腰《こし》を振《ふ》っている。あまりの激しさにめんくらったように、身体を支えた手の持ち主が呻いた。

「ちょっと、ほんと、に、どうした……の」

「やりてえ、つっただろ。それとも、ばてたの、かよ」

「おかげさまで、元気だけど、ね」

常には弥刀のほうが甘え倒《たお》して行為に及ぶのに、求めたのはいずれも朋樹のほうだった。本当にだいじょうぶかと覗きこんでくる男の顔を、朋樹はいらぬ気遣《きづか》いだと抱《かか》えこみ、長い髪《かみ》をかきあげて耳に嚙みつく。

ひやりとした耳朶《みみたぶ》を舌のうえに載《の》せ、弾《はじ》くようにしたあと唇で歯をくるむようにして食《は》む。そのうち耳朶だけでは足りず、耳殻《じかく》ごとぜんぶ口腔《こうこう》に含《ふく》んで、ちゃぷりと音を立てながら愛撫すると、弥刀はぶるりと背中を震《ふる》わせた。

「ほんと、まずいから……朋樹、それ」

「んー？」

「これじゃ、俺が、やられてる、みたいだろ……っ」

はぐはぐと耳を食べながら腰を揺《ゆ》らし、つながったところを刺激《しげき》してやると、抱《だ》きしめた背中が震えた。頸椎《けいつい》を撫《な》で、盛りあがった肩胛骨《けんこうこつ》から背骨の節をひとつずつたどったあとに腰をさすり、形のいい尻《しり》をきつく摑《つか》んでこちらに来いと訴《うった》えながら、きつく身体の奥にいる弥刀を締《し》めつけた。

抱きしめるというよりしがみつくように、弥刀の手が朋樹の身体を抱く。震える息が肩口《かたぐち》にかかり、長い髪が肌《はだ》を滑《すべ》った。耳元には押し殺《ころ》したような、甘いあえぎが聞こえる。

「ちょ……待って、マジで待って朋樹」

「いやだ」

耳をひとしきりいじめたあとに、頰《ほお》を舐めて唇を奪《うば》う。ぐうっと喉奥《のどおく》で唸《うな》った弥刀が、眉をひそめたあと、強引《ごういん》に腰を摑んで起きあがった。

「もう、好き勝手暴れるのは、おしまい！」

「うわっ」

わめかれて、上下が反転する。さきほどまで弥刀を押さえこんでいたシーツに背中を預けると、湿《しめ》った感触《かんしょく》がした。

「うえ、汗《あせ》だく」

「ひとのこと言えないだろ、腰振るたびに、ぼたぼた落ちて来てたっての」

汗の染《し》みた長い髪を鬱陶《うっとう》しげに払《はら》う仕種は、男も女もなく妙《みょう》になまめかしい。肩《かた》からこぼれたひと房《ふさ》を掴み、朋樹は強引に弥刀を引き寄せた。

「くっちゃべってる間に、動けよ」

「振り幅極端《はばきょくたん》なんだよ、朋樹は……」

いつも誘《さそ》えばそっけないくせに、興に乗ると凶暴なくらいになる。手に負えないとぼやいて、それでも中途半端《ちゅうとはんぱ》に駆《か》けあがった身体は、いくところまでいきつかなければおさまらないのだろう。さきほどのお返しとばかりに強く腰を入れられ、朋樹は背中を反らした。

身体のなかで、誰かの身体が動いているのは、奇妙《きみょう》な感触だ。はじめて寝《ね》たときには、痛みしかなかった。それでも、ぼろぼろだったのは自分より弥刀だと知れたから、しかたないなと朋樹は許した。

暴力だったと弥刀はいまでもあのときのことを苦く思うようだけれども、朋樹は、全身で『助けてくれ』と叫《さけ》んでいるような弥刀のことが、ほうっておけなかっただけだ。

弥刀紀章という存在は、あんなに弱く痛々しいかたちに、手足を縮めるようなものではない。少なくとも朋樹にとって、彼の造り出すものは、尊い場所にある。

ふと、気づいた。弥刀も、同じだろうか。かまわなくてもいいと、居心地《いごこち》悪く肩をすくめるらないか。

朋樹に性懲《しょうこ》りもなく手を伸《の》ばすのは、適当にほうっておけるような、そういうものではないからなのだろうか。

ここに来てくれることが嬉《うれ》しいと、弥刀は笑った。朋樹といればせつない思いばかりをするのに、それでも、痛みをわけてくれるのが、嬉しいと。

(ああ、なるほど)

いまさらながら、大事にされているのだなと気づいた。そして弥刀なりの、朋樹にはいまひとつ受け入れがたい甘さだとか、睦言《むつごと》だとかも、彼なりの愛情表現であることを、本当にいまさら、実感として知った。

とたん、いま抱きあっている男が、かわいらしく思えた。快楽と熱にとろけた頭で、そうか、これは俺のものなのかもしれないと、ふだんの朋樹では絶対に考えないようなことすら思った。

汗ばんだ胸が目の前で呼吸にあえぐさまを眺《なが》めたあと、鎖骨《さこつ》から滴《したた》る水滴《すいてき》を追って舌を這《は》わせ、尖《とが》った胸に吸いついてやる。

「い……っ」

「く、は。敏感《びんかん》」

がくりと肩をゆらした男のそれが、体内で膨《ふく》らむのがわかった。潤んだ弥刀の目が恨《うら》みがましく睨《にら》んでくるのを笑いながら受けとめ、朋樹はのしかかる男の背中を強く抱き、髪を撫でる。

長いそれからは、甘いにおいがした。弥刀自身がつけているフレグランスの残り香《が》か、それ

とも単なるシャンプーのにおいなのかは判然としない。だがその奥に、彼自身の肌のにおいが混ざり、練りあわさっているのを感じる。深く吸いこむと、指先が痺《しび》れるような気がした。

はあ、と深く息をついて、朋樹は髪をいじりながら告げる。

「本当にそのうち、あんたのこと、抱きてえな。きっときれいなんだろうな」

「朋樹……」

「どっちだっていいだろ、もう。なんだって、俺ならいいんだろう」

すべてをまっすぐに朋樹に捧《ささ》げてくれる存在、そんなものがこの世にあるとは思わなかった。

自身の撮《と》る、うつくしく感傷的な映像そのままに、弥刀はたぶん朋樹にとって数少ない、純《じゅん》粋《すい》にきれいだと思えるものなのだろう。

放埒《ほうらつ》に向け、身体が駆けあがる。意味もなくかぶりを振り、肌をぶつけて、湿った汗が流れて落ちる。

のしかかる男から降りそそいだ汗のしずくは、朋樹の頬を伝い落ちる。

唇に舐めとれば、ただ一度流した涙と同じ味がした。

＊　　＊　　＊

交番での研修終了《しゅうりょう》日となるその日は、あっけないほどなにも起きなかった。

いつぞやのように老人が迷子になることもなく、とくに差し迫《せま》った事件もなく、定期の警邏《けいら》に行った大木を待つ合間に、朋樹は日誌を読み返していた。後日、これをまとめてレポートの提出もあるため、細かくあれこれと記述してある。

「けっこう、ないようでいろいろあったな」

しみじみと呟《つぶや》き、比較的《ひかくてき》平和なこの部署でこれなら、刑事《けいじ》課はいかばかりかと朋樹は思う。

交番研修でことに大きかったのは、やはり舞の『きんぎょちゃん事件』だろう。

結局、大泣きに泣かせるだけで、なんのフォローもしてやれなかった。だが、あのしっかりしていそうな母親がきっと、舞の涙《なみだ》は拭《ぬぐ》ってくれることだろうと信じたい。

「しかし、遅《おせ》ぇな、大木さん」

またどこぞで迷子でも拾っているのだろうかと、時計を眺めた朋樹がつぶやいたとき、小さな足音が交番の前で止まった。

「――おまわりさーん」

いつかを彷彿《ほうふつ》とさせる、高く澄《す》んだ声。まさかと思って顔をあげると、そこには、水色の金魚のポシェットをぶらさげた舞が、にこにこと笑いながら立っていた。

「え……あ……？」

いったいどうして、と立ちあがった朋樹に「こんにちは」と挨拶《あいさつ》をしたのは舞の母親だ。なにがなんだか、と思いながらもぎこちなく会釈《えしやく》すると、舞が小走りに近寄ってきて、後ろ手にしていたものを差し出してくる。

「はい!」

小さな手のなかには、道ばたで摘《つ》んだらしい花。白っぽい、花弁の多いその花の名を朋樹は知らないけれど、これが舞から贈呈《ぞうてい》される花束だということだけはわかった。

「おまわりさん、ありがとう」

「え……」

先週末、あれだけ泣かせてしまったのに。なにが起きているのかわからないまま目をまるくしていると、母親が娘《むすめ》の背後で微笑《ほほえ》む。

「受けとってやってくれませんか? あちこちまわって、一生懸命《けんめい》、集めていたの」

ぎゅっと握《にぎ》られた花たちは、体温の高い舞の小さな手のなかで、少ししおれかけている。おそらく、一輪摘んではまた同じモノを、と探したのだろう。

「あり、がとう。でも、どうして、俺にくれるの?」

朋樹はぎこちなくそれを受けとり、腰《こし》を屈《かが》めて舞に問いかける。すると、先週末の涙顔が嘘《うそ》のような、満面の笑《え》みで舞は言った。

「舞のきんぎょちゃん、いっぱいさがしてくれたから」

お礼のお花なの、と笑う彼女に、朋樹は混乱した。けれど、困惑《こんわく》した朋樹の表情に、自分の言葉が通じなかったのかと、舞は懸命に説明する。

「あのね、泥棒《どろぼう》さんが触《さわ》ったのは、ばっちいからね、舞がびっくりすると思ったんでしょ？だから捨てちゃったんでしょ？」

拙《つたな》いながら、ほぼ事実を言い当てているその言葉に、朋樹はぎくりとした。思わず舞の母親を見ると、小さく微笑んでかぶりを振《ふ》る。

「全部を語らなくても、事実は教えられるんですよ」

にっこり微笑んだ母親は、朋樹とさして歳も変わらなく見えた。けれども、正しく『親』として、子どもになにを伝えるべきかを知っているようだった。

「そ……です、か」

まいったな、と朋樹は苦笑《くしよう》する。

舞に対してすべてを隠《かく》すのではなく、悪質な部分だけをぼかし、ほぼ真実に近いことを告げればよかったのだと、いまさら気づかされる。自身の融通《ゆうずう》のきかなさに呆《あき》れると同時に、やはりあのときはまだ、頭に血がのぼっていたのだなとも思った。

「怒《おこ》ってごめんね。でも、ちゃんとせつめいしてくれないと、舞、わかんないよ」

おまけに、謝罪の言葉すら舞に先んじられては、苦笑するしかない。

「……ごめん、それは、俺が悪かった」

「いいよー。新しいのママが作ってくれたし、ゆるしてあげる！」

あっけらかんと笑顔を見せられ、つい母親の指を見ると、たしかに絆創膏《ばんそうこう》が増えていた。恥《は》ずかしそうに肩《かた》をすくめてみせる若い母親は、それでも誇《ほこ》らしげに娘の髪《かみ》を撫《な》でている。

「舞、もうひとつ言うことあったでしょう」

「あ、そうだった。おしごと、おつかれさまでした。えっと……次のおしごとも、がんばってください」

母に教えられたままのそれを、たどたどしく告げる舞の顔は、健康的に光っている。涙のあともなにもない、やわらかいまるい頰《ほお》に、朋樹はそっと手を伸ばした。

「ありがとう。頑張《がんば》る。お花も、大事にする」

うん！　と元気よくうなずいた舞を目の前にして、なぜか妙《みょう》に照れくさくなった。

小さな手によって作られた、小さな花束は、やけに輝《かがや》いて見える。こんなにもうつくしい花は、一度も見たことがないと思った。

弥刀にこの話をしたら、感動しやすいあの男はまた涙もろい顔を見せるだろうかと想像し、口元だけで笑う。疵《きず》によるものであれ、そうでなかれ、おそらく朋樹のぶんの涙は、あの男にすべて預けているのだろう。

この日が終わったら、メールをしようか、たまには電話のひとつもいれてやったら、驚《おどろ》く声が聴《き》けるかもしれない。

弥刀の望む情そのものには、まだ追いつきはしないのだろうけれども、あの男が、色のない朋樹の世界のなかで、もっとも鮮《あざ》やかに息づいているひとりであることは、たしかだろう。

制帽《せいぼう》を深くかぶった朋樹は、笑みの浮《う》かぶ口元へとあわい色の花束を運ぶ。
野草の、青々と強いにおいと、花の甘さが鼻腔《びこう》を満たした。
春が、そこにあった。

END

逆理—Paradox—

指のさきが少しかじかむような、冬の夜だ。窓の外では氷雨が降りはじめたようだ。安アパートの角部屋は老朽化《ろうきゅうか》のせいか、湿《しめ》った冷気がじわりと染《し》みこんでくる。寒さにそそけた頬《ほお》をこすると、乾《かわ》いた感触《かんしょく》がした。

机に向かい、かじかむ指に万年筆を握《にぎ》り、試《ため》し書きを二度、三度。ひさしぶりに使うモンブランのインクが腐《くさ》っていないことに、ほっと息をつく。

ふちの欠けたカップになみなみと注いだコーヒーをすする。「まずいな」とひとりごとをつぶやいて、一之宮《いちのみや》衛《えい》は少し笑った。

安い木の椅子に腰《こし》かけたまま身をよじると、みしりみしりと音がする。まるで自分のなかからの音のようだ。

万年筆に同じく、オールドパイレックスのパーコレーターを引っ張り出したのはひさしぶりだ。沸騰《ふっとう》と濾過《ろか》を繰《く》り返すこの装置で淹《い》れたコーヒーがまずいのは当然で、しかしドリップ用のネルや紙パックを買う金もないのだから、しかたがない。

そもそも、コーヒー豆のような贅沢《ぜいたく》品を手に入れること自体、近ごろの衛にはまれなことだった。そんなものを飲む金があるなら、少しでもひとり息子《むすこ》の食事代にまわしたいと、衛は思っていた。けれども、今夜の『客』が手みやげに残していってくれたコーヒーは、三歳になったばかりの藍《あい》には飲めないので、しかたない。

挽《ひ》きたてのコーヒー豆だというのに、パーコレーターで淹れたそれは香《かお》りも味もあったものではない。だが、あたたかいコーヒーなど飲むのはひさしぶりだ。それだけで少し、病の巣くった胸のつかえがマシになる気がした。

「どうせなら、ミルクのほうがよかったな。そしたら藍が飲めたのに」

ぽつりとつぶやくが、そんなリクエストをできる立場でもないと苦笑した。

すでに三十代の後半になった衛だが、この欧州《おうしゅう》の国にあっては、二十代なかばの青年にすら見られなかった。おかげで、売れない絵を買うついでにと、身体《からだ》のほうにも金を落とされる。この身のどこに、そんな価値があったのかと驚《おどろ》くが、売れるものならなんでも売ろうといまは思っている。

さきほどまでも、覚えた手管で身をくねらせていた。ひさしぶりに尻《しり》に入れられてひどく疲《つか》れたけれども、若いころに調教済みの身体は案外柔軟《じゅうなん》で丈夫《じょうぶ》だ。――表面的なことだけを言うならば、だが。

ため息をつくと、窓際《まどぎわ》のベッドのほうからは、「ぱぁぱ？」とかわいらしい声がした。ずっしりとのしかかっていた疲れが、その愛くるしい声だけで救われる。

絵の道具と最低限の家具以外なにもない、安アパートの一室。その端《はし》にある子ども用ベッドの周辺だけは、明るく清潔にしておこうと、この三年、心がけている。

「藍……あーい、起きたかな？」

覗《のぞ》きこんでみたら、おとなしい我が子はまだすうすうと眠《ねむ》りのなかだった。どうやら寝《ね》ぼけていたらしい。『客』が来るのは、藍が寝静まったあとに限っている。この場所とはカーテンを引き、声を殺してはいるけれど、子の意識があるときにだけはさすがにできない。

眠りの深い子でよかった。男が自分の尻に突《つ》き入れる音やなにかを、聞かれずにすんだことに、いつも衛はほっとしている。

「パパは、藍のためなら、なんでもするからね」

そうっと抱《だ》きあげても、藍は目覚めない。まだミルクのにおいがするような三歳児は、それでもずいぶんと重くなった。藍が重くなったのか、衛の体力が失《う》せたのかは、判然としていないけれども、それでもこの重みを、なにより嬉《うれ》しく、ありがたいと思う。

ほっと息をついた瞬間《しゅんかん》、胸の奥にずきりと焼けるような痛みが走った。

「……っ」

ごぼ、と喉《のど》の奥が鳴り、咳《せき》をこらえて必死で呼吸を整える。このところ咳がひどすぎて肋骨《あばらぼね》が軋《きし》んでいる。おそらく、衰《おとろ》えた身体が咳に耐《た》えられず、骨にひびが入ってしまったのだろう。

我が子を腕《うで》に抱いたまま幾度《いくど》か小さく咳《せ》きこむと、抱きしめた手に力が入りすぎたらしい。

藍はぐずぐずと目をこすり、つぶらで澄《す》んだ目をぱちりと開けた。

「あ、ああ。起こしちゃったかな」

とりつくろうように笑いかけると、藍の真っ黒な目がじっと見つめてくる。子どもの視線は動物のそれに似ている。まばたきが少なく、まっすぐで、大人《おとな》の濁《にご》りを抱《かか》えた身をいたたまれなくさせるのだ。

「……ぱぁぱ？」

しかし一瞬の緊張《きんちょう》は、藍の腹から聞こえた『くぅ』というかわいらしい音にほどかれた。

そういえば、まだ夕飯を食べさせていなかった。午後に来客があって、退屈《たいくつ》した藍はそのまま眠りこんでしまったからだ。それをいいことに部屋の隅《すみ》で行われた情事の疲れとうしろめたさが、衛の腕のなかのいとしさを、ずしりと重く感じさせる。

「おなか、空いたかな？」

「んー……パパは？」

問いかけても、藍はこちらを気遣《きづか》う言葉をまず発した。こんな幼い子なのに、衛の疲れをちゃんと理解しているのだ。目尻《めじり》がじんと熱くなる。小さなやわらかい身体を揺《ゆ》すってやりながら、衛はなだめの言葉を発した。

「パパは、ちょっと疲れてるけど、だいじょうぶ。お手紙を書くまで、待っていて。そしたら、すぐにごはん作るからね。もうちょっと寝ておいで。あとで起こしてあげるから」

「はあい」

素直《すなお》にうなずく、まるい頬が愛らしい。もう一度、幼子の背中をぽんぽんとたたいて、寝かしつけた。もっと抱いていたいけれども、昨日、血を吐《は》いたばかりだ。この薄汚《うすぎたな》い部屋のなか、ともに暮らしていてはむずかしいが、藍に感染《かんせん》しないよう、祈《いの》るしかない。

結核《けっかく》など、すでに絶えた病だと思いこんでいたが、違《ちが》ったらしい。なにより妻はそれで逝《い》った。もともと、空気感染する病気ではあるが、免疫《めんえき》力の低下がその引き金だ。

身を削《けず》ってでも、藍には栄養のあるものを食べさせている。おかげで顔色もよく、頬もまるまるとした幼児でいてくれるから、だいじょうぶだろうと信じたい——。

「おやすみ、藍」

すこやかな寝息《ねいき》をたしかめ、衛は万年筆を取りあげながら、まずいコーヒーをすすった。

火に直接かけることができる、耐熱《たいねつ》ガラス容器であるパイレックスのオールド、もしくはクラシック、と呼ばれるこれは、一九四〇年から一九六〇年代後半頃《ごろ》まで製造されていたものをさす。日本では一部に熱狂《ねっきょう》的なファンがいるらしくて、単にものを買い換《か》えるような余地がないために使い続けているけれど、売れば少しはものの足しになるのかもしれない。だがここは異国であり、そうしたものに血道をあげるような人種はいない。

一九八〇年代中盤《ちゅうばん》——のちに、バブル景気と呼ばれる前夜の時代だ。

ときおり、新聞やニュースで垣間見《かいまみ》る母国の、あの浮《う》かされたような景気の高騰《こうとう》に、不気味さを感じているのは衛がやはり異端《いたん》であるからだろうか。

なにより、この濁りがひどく香りもないコーヒーを飲むと、この味を最初に衛に教えてくれた、あの男のことを思い出す。

彼から逃《に》げて、もう二十年近くが経《た》ってしまったのだな、と思うと、ぎしりと病《や》んだ胸の奥が軋む。こん、こん、と咳が出て、その内臓を震《ふる》わせるような感覚に、熱っぽいため息がこぼれた。嘔吐《おうと》感を喉奥《のどおく》に押しこめた瞬間、さきほど飲まされた『客』の精液のにおいさえこみあげてくるようで、衛は嫌悪《けんお》に顔を歪《ゆが》ませた。がぶりとコーヒーを飲んで、ごまかす。

(めぐさん、ごめんね。ぼくはやはり、こんな方法でしか、生きていくことができない)

妻として長年支え続けてくれ、死にゆくほんの少し前に、衛の生きる意味を与《あた》えてくれた愛《めぐみ》に、結局は変われなかった自分を詫《わ》びた。

ここ三年、彼女が亡《な》くなってから、衛はできる限り働いてきた。絵を描《か》くだけで食べていけるわけもなく、伝手《つて》を頼《たよ》って、翻訳《ほんやく》の下案や、内職の真似事《まねごと》まで。まだ健康なころには日雇《ひやと》いのような仕事ができればもっと稼《かせ》げたが、いかんせん力仕事には向いていなかったようで、結果は過労から身体を壊《こわ》してしまった。

気のいいパトロンが見つかって、よかったと思う。彼は衛よりも年下だが、大きな画廊《がろう》の跡《あと》取《と》り息子で、抱かせてさえおけば衛の絵を買ってくれる。やせ細ってきた身体にまで愛を囁き、うちにおいでと誘《さそ》うほどに本気でいてくれるのは、申し訳なくありがたくも思うが――望まれる情が返せない以上、どうにもならなかった。

それでも、かつて投げ捨てるように、誰彼かまわず身を任せていた時期とは、心根が違《ちが》う。汚《よご》れた手と身体だ。それでも藍を育てるためには、なりふりかまってなどいられない。どうせ臓腑《ぞうふ》の奥まで濁りきったような肉体でしかないのだ、穢《けが》れなどなにも知らない藍のためになら、いくらでも捨てていけると思った。

「パパが愛してるのは、藍だけだからね……」

呟《つぶや》きは、自分に言い聞かせるかのようだった。部屋の隅に立てかけたイーゼルには、頼《たの》まれものの風景画。おもしろみもなにもない、凡庸《ぼんよう》なその絵を売ることも、身体を売ることも、衛にとっては等しい屈辱《くつじょく》だったが、藍をすこやかに育てるためには、些細《ささい》な痛みだった。

それでも、ときおりに心が沈《しず》む夜には、どうしても思い出す言葉がある。

——売春婦（hooker）は肉体を売り、娼婦《しょうふ》（prostitute）は愛と夢を売る。

——だからおまえは、一流の娼婦になりなさい。

男である衛に、『あのひと』はそんなくだらないことを言った。そのころの衛は、爪《つめ》のさきまであの男のものだった。『もの』としてしか存在しなかった。それ以外の関《かか》わりと理由を拒《こば》んだのは、お互《たが》いに同じであったからだ。

だが、彼の愛《め》でてくれた肉体も精神も、もはや朽《く》ちる日は近い。

手紙など書こうと思ったのはそのせいかもしれない。今日の客も、欲望を満たしに来たというよりも、馴染《なじ》みだった衛を憐《あわ》れみ、せめてと金を恵《めぐ》んでくれただけだ。だがそれでは気が済まないからと、口での奉仕《ほうし》を申し出たのは衛のほうだった。

『前略、福田功児様《ふくだこうじ》』

時候の挨拶《あいさつ》など、考える余裕《よゆう》もなかった。そもそも、年が明けたばかりの寒さのなかで書くこの手紙が船便で日本に届くころには、季節はひとつ巡《めぐ》っているだろう。

『貴方《あなた》へと言葉を綴《つづ》るのは、これが最後の機会になるかもしれません。このような未練がましいものを、お届けする私を、どう思われることでしょう。けれども、もはや残り少ない時間の中、どうしても思い出すのは、貴方と過ごしたあの日々のことでした』

手紙を書くとき、福田は絶対に万年筆を使った。ボールペンは油性インクのたまりがうつくしくないのだと、そんな些細なことにまで神経を使うあの男は、うつくしく、雄々《おお》しく、衛にとっての絶対であった。

『今更《いまさら》の事と、お笑いになるかもしれませんが、どうしても今、知りたいことがあります。何故《なぜ》、私達は、貴方が仰《おっしゃ》るところの〝くだらない世間〟によくあるような、やさしく情を絡《から》ませる関係で、穏《おだ》やかにいられなかったのでしょうか。何故、私は貴方から逃げる道を選んでしまったのでしょうか』

そこまでを綴って、衛はしたためた文面を破り捨てた。

指先に妙《みょう》な力がこもり、字が震えたためだった。咳をこらえた一瞬、筆致《ひっち》が乱れたからだ。うつくしくないその文字を、福田の目に触《ふ》れさせるわけにはいかない――理屈《りくつ》ではなく、ただそう『決まっているのだ』と感じた瞬間《しゅんかん》、やはりあの男から逃げ果せてはいない、自分の心を呪《のろ》わしくも、いとおしくも思った。

深く息をつき、もう冷めたコーヒーをすする。ほっと息をつけば部屋の静寂《せいじゃく》が耳に痛い。

すう、すう、と藍の寝息が聞こえる。力の入った肩《かた》が、少しだけやわらぐ気がした。

コーヒーカップを置き、ふたたび万年筆を握《にぎ》った。書き損じはそう出すわけにはいかない。

もはや便せんと呼べる紙は、あと数枚しか手元にはないのだ。インクの残りも、心許《こころもと》ない。

『前略、福田功児様――』

オールドパイレックスの製造が終了《しゅうりょう》する一九六〇年代の後期に、ふたりは出会った。

なされてはならない、邂逅《かいこう》だったのかもしれない。

＊　＊　＊

――衛、十四歳、夏。

ばしゃりと、門の外で水の音がした。文机《ふづくえ》に向かってクロッキー帳を広げていた衛は、その
あとに父の、聞くのも苦しいような怒声《どせい》が散らされるのを耳にして、そっと息を吐いた。
衛の部屋は、広い家のなかでも比較的《ひかくてき》、門のあるほうに近い。そのため、父である一之宮清《せい》

嵐《らん》が、来訪客と揉《も》めるさまなども耳にすることが多かった。

また、あの若い画商とやらが、懲《こ》りもせずに叩《たた》き返されているのだろう。毎度ながら、こんな田舎《いなか》までよく来るものだと、呆《あき》れとも感心ともつかないものを覚える。

ふだんならば、そのままほうっておくところだった。しかし、ふたたび水の撒《ま》かれる音に続いて「うわっ」という悲鳴が聞こえたから、はっとした。

「まさか、ひとにかけたのか？」

つぶやいて、いやな予感がすると思った。この家にはまだ、水道はとおっていない。裏庭に井戸《いど》があり、門の近くや玄関先《げんかんさき》には、水を汲《く》みおく桶《おけ》があるけれども、それは庭木に撒くための、風呂《ふろ》の残り水だったり、米のとぎ汁《じる》だったりするのだ。

そんな汚れ水を、いくら招かれざる客だったとはいえ、頭からぶちまけたのだとしたら——。

癇《かん》の強い父ならやりかねない。青ざめ、衛は部屋から飛び出した。すると、廊下《ろうか》の反対側から作務衣《さむえ》を着た小柄《こがら》な父が、足音も荒《あら》く歩いてくる。

「お父さん、いまのは」

「ほうっておけ！」

顔を真っ赤にした清嵐は、そう怒鳴《どな》るなり、自分の作業部屋へとこもってしまった。ぴしゃんと閉じたふすまは、以後、彼が開けようとするまで絶対に開かない。

ほうっておけと言われても、衛にはできなかった。

ひとづきあいの下手《へた》な父は、年中他人ともめごとを起こし、そのせいで画壇《がだん》でもあまり評判はかんばしくないらしい。せっかく、二科会会員になれたというのに、内部でも揉めてばかりだという話だ。

唯一《ゆいいつ》、その穏やかな人柄《ひとがら》のおかげで、清嵐とつきあえている、大崎《おおさき》という画商は「あのままでは先生にもよくはないのだが……」とこぼしていた。

なにより、いくら清嵐が短気とはいえ、水をかけるのは穏やかではない。せめて詫びくらいは、息子《むすこ》として入れるべきだろう。

内玄関から下駄《げた》をつっかけ、庭先に出た衛は、そこに背広姿の男を認め、足を止めた。

相手もまた、衛の下駄が庭石を踏《ふ》む音に気づいたように、ふっと顔をあげ、微笑《ほほえ》んだ。

「やあ。お見苦しい恰好《かっこう》で、申し訳ありません」

年の頃《ころ》は、衛よりも十はうえだろうか。朗々《ろうろう》とした声でそう告げた男は、父が浴びせた水をしたたらせていた。

もとは櫛目《くしめ》もきれいに撫《な》でつけていたのだろうに、前髪《まえがみ》は崩《くず》れ、秀《ひい》でた額に落ちかかっている。けれども、少しも惨《みじ》めなところのない、うつくしい姿だと衛は思った。

若々しい頰《ほお》に流れ、束になった前髪からしたたり落ちる水、それらすべてが光を宿し、夏の陽射《ひざ》しを受けた男そのものが、きらきらと輝《かがや》いているようにさえ映った。

じっと、声もなく見入っていた衛に、男は怪訝《けげん》な様子すら見せなかった。映画俳優かのように整った、彫《ほ》りの深い顔に、にこりと洗練された笑みを乗せてすらみせた。

ぞっとするような男ぶりに、衛の胸が妖《あや》しく高鳴る。しばし見惚《みと》れ、言葉もなく立ちつくしていた衛に、深い色のまなざしが向けられた。

「……どうか、なさいましたか」

「いえ。……いいえ」

あわてて頭をさげ、衛は彼の広い肩にしたたり落ちる水滴《すいてき》に、はっとした。

「あの、いま、手ぬぐい……あ、いえ、タオルをお持ちします」

言ったあと、手ぬぐいなどという言葉を使った自分の田舎くささが恥《は》ずかしいと衛は思った。かっと頬を赤らめたとたん、男は心の裡《うち》まで見透《みす》かすような目をしたあと、ほがらかに言った。

「助かります。いくら夏とはいえ、これではさすがに風邪《かぜ》をひきそうだ」

「本当に、申し訳ありません。お召《め》し物は、だいじょうぶでしょうか」

「乾《かわ》いてしまえば、どうということもないでしょう」

そうは言われたものの、質のよさそうな背広の肩は色を変えてしまっていて、衛はひそかに青ざめた。

身につけている三つ揃《ぞろ》いの背広もまた、彼の堂々とした体軀《たいく》に似合っていると思った。そもそも、この田舎町では、このように洒脱《しゃだつ》な恰好の人間はめずらしい。しかも高級なテーラーであつらえたと一目でわかる洋服を着ている青年など、見たこともない。

神奈川の田舎で、偏屈《へんくつ》な父に辟易《へきえき》しながらすごす衛にとって、都会のにおいを纏《まと》う彼は、映画から抜《ぬ》け出してきたかのような眩《まぶ》しさを感じさせた。

「あの、これをお使いください」

「ご丁寧《ていねい》に、どうも」

歳暮《せいぼ》にいただいた高級タオルを探し出し、さしだすと、彼は一瞬《いっしゅん》その品を値踏《ねぶ》みするような目をした。田舎育ちの衛には、視線が身の内まで炙《あぶ》るように感じられ、無意味に頬が火照《ほて》る。

長い、白い指が、衛の手からタオルを受けとる。一瞬、指先が触れあうだけで、びりりと痺《しび》れた気がして、衛はあわてて細い腕《うで》を引っこめる。

タオルで髪《かみ》や肩を拭《ぬぐ》うと、やはり薄汚《うすよご》れたような色がついた。こんな高級そうな衣服を弁償《べんしょう》しろと言われたら、父はどうするつもりなのかと青ざめていると、低い、どろりと甘い声が衛の意識をさらう。

「ところで、あなたは書生さんですか？　それとも、息子さんでいらっしゃいますか？」

はっとして、衛は背筋を伸《の》ばし、腰《こし》のあたりで組んだ手をぎゅっと握った。

「は、はい。一之宮、衛、です。父が、大変失礼をいたしました」

衛は胸がどうかしたのかというほど、高鳴るのを覚えた。うろたえ、顔を赤らめる少年を前に、男はあくまで所作は優雅《ゆうが》に、微笑みもあまく、声を発した。

「こちらこそ、失礼。申し遅《おく》れましたがわたくし、福田功児と申します。若輩《じゃくはい》ながら、画廊《がろう》を

営んでおります」

差し出された名刺《めいし》には、東京、日本橋《にほんばし》の住所が記されていた。この若さで、都心の一等地に城をかまえているのか。衛は目をまるくし、尊敬の念を隠《かく》せない。

「衛さんも、絵をお描《か》きになるのですか？」

「え？」

じっと名刺に見入っていた衛は、突然《とつぜん》の問いに驚《おどろ》いた。

「手のひらの、ここに、黒い粉が」

福田は、右手の手首から手のひらのあたりを、すいと長い指でなぞる。びくりと衛は震《ふる》えた。

「ああ、これは鉛筆《えんぴつ》の粉ではありませんね。木炭の……」

指摘《してき》しようとした福田になにか、とても恥ずかしいものを見られたような気がして、衛は腕を背にまわした。

（恥ずかしい）

真っ黒に汚《よご》れた指先は、それでなくとも荒《あ》れている。

この家は、昭和の後期になってもまだ、前時代的な生活を送っていた。すでに炊飯器《すいはんき》やガス式の風呂釜《ふろがま》なども一般《いっぱん》家庭に置かれるようになっていた。

冷蔵庫の普及《ふきゅう》率も一般家庭では五〇パーセントを超《こ》えたというのに、いまだ保冷は井戸《いど》水《みず》や屋外。煮《に》炊《た》きにはかまどを使い、風呂を沸《わ》かすのもいまだに薪《まき》をくべる。それらの労働を背負わされたのは衛で、細い指は日々の仕事にかさつき、ひび割れていた。

もともとこの家に生まれ育ったとはいえ、衛は生家の環境《かんきょう》が不満だった。東京オリンピックのおかげで、この田舎の家にもカラーテレビがもたらされたが、そこから溢《あふ》れてくる大量の情報は、衛にとって都会への憧《あこが》れを強めたばかりでなく、強い鬱憤《うっぷん》をもたらしていた。

(ぼくの手は、きたない)

目の前の福田の手は、白くうつくしい。それに比べ、いかにも垢《あか》じみている気がする自身が恥ずかしく、衛は小さく身をすくめた。

「どうなさいました?」

過敏《かびん》な反応に、男の長い睫毛《まつげ》がふわり、と揺《ゆ》らぐ。やさしげな問いかけに、田舎者の羞恥《しゅうち》など悟《さと》られたくはなく、衛は木炭の粉で汚れた手を乱暴にこすった。

「父には、父には、これは、内緒《ないしょ》にしてください」

「内緒? なぜです。ご子息まで絵の道に進まれるのを、先生はよしとされるのでは?」

「それは、あのひとの言うとおりの絵を描いていれば、の話です」

張りつめ、青ざめた顔で衛は吐《は》き捨てるように言った。福田がどういう人間かも知らぬまま、こんな話をするのはどうかしている。けれども、溜《た》めこんだ鬱屈《うっくつ》は限界に来ていた。

本格的に油絵を習いたい、画学校に行きたいと告げたとき、日本画家の息子がなにを言うかと、一蹴《いっしゅう》された。もともと、このあたり一帯をおさめていた地主である、一之宮家の跡取《あとと》りだった清嵐は、東京美術学校を卒業ののち、日本画家になろうとしていた。

だが時代が悪く、卒業後すぐに徴兵《ちょうへい》。復員してきたころには、家族もなにもかもを失い、衛の母である女性も、お産が重く、衛を産み落としたと同時に亡《な》くなった。

残ったのは広大な土地と遺産だけ。そして戦争によって人嫌《ぎら》いと偏屈さがひどくなった父は、汲々《きゅうきゅう》とする人間の多い画壇の連中には『金持ち道楽』とさげすまれた。

最愛の妻を失う原因ともなった衛についても、持てあましているのはわかる。ともに暮らしていても、最低限の口をきく程度で、心の交流などないに等しい。

だったら、どこにでも放り出せばいいのに、逆らうことなど許さず、離《はな》れることも許さず、口を開けば「おまえはただ言うとおりにしていればいい」と、怒鳴《どな》るばかりだ。

衛は、そんな父とふたりきりでいるのには、耐《た》えられなかった。周囲にはなんの刺激《しげき》もない、こんな枯《か》れた環境にいては、持てあますばかりの若さ。

いつまでも田舎《いなか》町でくすぶっていたくはない、いずれ東京に行って、さまざまなことを学びたいという気持ちが、清嵐への反発もあって、日に日に大きくなっていた。

「父は、あなたのご存じのとおりの性格です。頭も固いし、横暴だ。洋画を、油絵を学びたいと言ったところで――」

「衛さんが学ばれることを、許してくださらない？」

こくりとうなずいた衛に、福田は「ふむ」と思案顔をした。困ったように眉《まゆ》をひそめるのを知って、ようやく自分が、初対面の男にいきなり愚痴《ぐち》を、しかも身内のそれをこぼすという、恥知《はじし》らずな真似《まね》をしたことに思いいたり、赤くなる。

「すみません、あなたには、なにも関係のないことを」

「いえいえ。それより、もしよろしければ、わたしに絵を見せていただけませんか」

突然の申し出に、衛は目を瞠《みは》る。福田はにっこりと微笑《ほほえ》み「わたしも画塾《がじゆく》で学んだことがあるのです」と、魅惑《みわく》的な低音で告げた。

「残念ながら、そちらのほうでは芽が出ませんでしたけれどもね。わたし自身も学生時代、周囲の環境や、金の苦労で結局は、芸術に身を入れることができなかった」

「そうなんですか？」

「ええ。やはり親もわたしに無理解でしてね。結局いまは、縁《えん》を切ってしまいましたし、衛さんのいまのつらさも、よくわかります」

語る福田の言葉に、衛は生まれてはじめての共感を覚えた。まるで衛の心が手に取るようにわかっていると、そんな甘さに胸が痺れる。

「環境や状況《じようきよう》に負けて、若い才能が失われるのは、惜《お》しい。だからこそ、画商として、誰かの力になりたいのです」

じっと目を見つめられた。堂々とした大人《おとな》の男に礼を尽《つ》くして扱《あつか》われたことで、衛はなにか自分が、すばらしい存在になったかのような錯覚《さつかく》を覚えた。

「わたしが専攻《せんこう》したのも、油絵ですから。少しはアドバイスができるかもしれません」

「ほ、本当ですか？」

だから絵を見せてくれと再三言われ、そうした言葉に飢《う》えていた衛は、一も二もなく離れに招いた。そして描きためた大量のものを、福田におずおずと差し出した。

「ただの、独学で、お恥《は》ずかしいんですが」

こっそりと集めた画材のたぐいは、家に出入りする大崎に「父には内緒で」とせがんだものだった。清嵐はこの離れに自分から訪《おとず》れることはしない。大抵《たいてい》は自分の作業部屋に閉じこもっているばかりだからだ。

「いかが、でしょうか」

衛の絵を前に、福田はしばらく黙《だま》りこくっていた。やはり田舎の子どもが分もわきまえないと、嗤《わら》われるのだろうか。まるで自分自身を裁定されているかのような沈黙《ちんもく》に、胸が震える。

だが、沈黙の果ての福田は、目を輝《かがや》かせ、うっとりと息をついて、言った。

「……本当になにも学ばず、誰にも師事せず？　ひとりでこれを？」

「は、はい。画集などは、模写してみましたが、あとは昔、見たものを覚えていて……」

まだ衛が幼いころには、清嵐のつきあいで美術展にも足を運んだ。その際、清嵐の絵ではなく、べつの場所に展示してあった力強い油絵に、心を惹《ひ》かれてやまなかったのが、きっかけだ。

様式美を守り、のっぺりとした色遣《いろづか》いの日本画は、伝統があるぶんだけ派閥《はばつ》も強い。誰それの師匠《ししょう》につかなければ生きてゆけない、などというなまなましい話もさんざん耳にしていたせいで、衛は日本画の世界そのものに、窮屈《きゅうくつ》さしか感じられなかった。そのなかでひとり戦う清嵐も、結局は田舎に引っこんで、負け犬のように暮らしているとしか思えなかった。

それよりも、衛はあのごってりと重たい、激情をそのまま画布に叩《たた》きつけたような絵に感銘《かんめい》を受けた。あまたの海外の画家たちが、貧しい生活のなかでもおのれを研《と》ぎ澄《す》まし、魂《たましい》をこめて絵を描いていたという逸話《いつわ》も、鬱憤の多い若い衛の心を揺さぶった。

「あんな絵を描けるようになれたらと、思ったんです。自分だけの、ぼくだけの絵を。けして誰かに認められたりしなくてもかまわない、ただ、やりたいのです」

拙《つたな》い、頭でっかちの理想論を、福田は否定はしなかった。「わかります」と穏《おだ》やかに微笑み、少しだけ厳しい顔を作る。

「けれど、絵を描き続けるには、環境が必要だ。ひとりで学べることなど、たかが知れている。狭《せま》い環境にいては、それがすべてと思いあがってしまうし、技術も得られません」

「……はい」

返す言葉もなく、うなだれた。それをこそ、まさに衛は危惧《きぐ》していたからだ。そして福田の目にはやはり、自分ごときの絵など、つまらないものでしかなかったのだろう。

自分がもの知らずの子どもである自覚はあり、知識欲はあっても満たされていない。それがフラストレーションをさらに悪化させてしまう。

だが、なにも方法はない。大崎は、清嵐に隠《かく》れて画材やなにかをこっそり渡《わた》してくれるけれども、あくまでそれは『清嵐の子どもへのお土産《みやげ》』でしかないし、本気であの父に逆らってまで、衛の後押しなどしてはくれない。

いったいどうすれば——。うつむいて唇《くちびる》を噛《か》んでいると、福田は言った。

「わたしでよろしければ、お力を貸しましょうか」

「えっ」

顔をあげると、福田の力強い微笑みがそこにあった。

「あなたに絵を教えてさしあげたい。専門の学校に通いたいというのは、この家にいてはむずかしいかもしれませんが、わたしが持っている知識でよければ、あなたに学ばせたい」

「で、でも、なぜ」

理由がわからない、と衛は首を振《ふ》り、はたと気づく。

「あ、あの。ぼくから父へとなにかを頼《たの》むことは、できません。あのひとは、ぼくの言うことなど聞いてくれませんし、むしろ取りなしをしようとしたら、却《かえ》って——」

「ああ、そうではありません。衛さん、落ち着いて」

力にはなれないと衛が言いつのるのを、福田はすらりとした指で止めた。その人差し指はなぜか、衛の唇のうえに止まる。

指先からは、独特の甘いにおいがした。のちになって、それが彼のくゆらす葉巻と香水《こうすい》の入り混じったにおいだと知ったが、そのときの衛はただ、くらくらするような甘さに眩暈を覚えただけだった。

「清嵐先生のことは、いまは関係ありません。わたしは、衛さん、あなたにお話をしているのだから」

わかりますか、とゆっくり唇をなぞった指が離れていく。ぞくぞくと震《ふる》える背中を必死に強《こわ》ばらせ、衛はうなずいた。赤らんだ頰《ほお》に満足げに微笑み、福田は言う。

「たしかに荒削《あらけず》りだが、なにも、誰にも学ばずここまでやれるなら、しっかりと技術を叩きこんでみたい。きっと、ものになります」

「！　そ、それって」

期待と興奮に衛が目を輝かせると、福田はさらに言った。

「しばらくは、清嵐先生に内緒《ないしょ》で、こちらに通います。あなたも、外出くらいはできるのでしょう？」

「はい。時間さえ、守れば……いえ、どうにか、します、やります！」

「ここまでの才能を埋《う》もれさせるのは、あまりに惜しい。衛さんはきっと、わたしの期待に応《こた》えてくださるだけの画家になります」

自分の存在を認めてくれと、必死に願う少年にとって、あまりに甘美《かんび》な言葉だった。

必死になって、目の前に差し出された餌《えさ》へと衛は食いついた。これが求め続けていた救いなのだと——それが自分を搦《から》めとるための、毒蜘蛛《どくぐも》の糸なのだとも知らず、なにひとつ考えられずに、福田の手を取ってしまった。

興奮気味のまま、衛と福田はそれから、長い話をした。好む画家の系統も、理想論も、福田はときには衛の幼さをたしなめつつも、おおむね「そのとおり」と肯定《こうてい》し、励《はげ》ましてくれた。

あまりにもまるごとを、しかも初対面で受け入れられることがどれほど危《あや》ういことなのかを、若く幼い衛は知らなかった。そして十も年上の男が、子どもの無知につけこむのがどれだけ容易《たやす》いことかも、むろん理解すらしていなかった。

ただ、このひとしかいないと、たった一度まみえた男のすべてを、信じてしまった。

「……はじめてお会いしたのに、不思議なほどに、気持ちが通じている気がします」

「ぼ、ぼく、ぼくもです！」

目の前の男からは、衛が憧《あこが》れてやまない都会の、洒脱《しやだつ》なにおいがした。全身に漲《みなぎ》っている、ひとのうえに立つ人間特有の傲慢《ごうまん》ささえ、そのときの衛には眩《まぶ》しいものとしてしか映らず——その奥にある、鬱屈《うつくつ》ゆえの嗜虐性《しぎやくせい》など読み取れるほどに、十四歳の衛は練れてはいなかった。

話しこむうちに、日はくれていた。別れ際《ぎわ》、清嵐に隠れて福田を車のところまで見送る際、彼はその上背を曲げて、衛の手を取った。

「きっとまた、来ます。次は来週」

「お待ちしてます」

握《にぎ》りしめた手の甲《こう》をやさしく撫《な》でる福田の指先になんの作為《さくい》も感じなかった。あるいは——わかっていて、あえて見ないふりをしていたのかもしれない。輝くような美貌《びぼう》の男が、衛を褒《ほ》め称《たた》え、導いてくれるということに酔《よ》いしれている瞬間《しゅんかん》には、肌《はだ》のなめらかさをたしかめる男の手つきなど、些末《さまつ》なことだった。

約束どおり、絵を教えてもらいはじめてから、衛の生活は一変した。表面上、清嵐と過ごす間はふだんどおりを装ったが、次々と福田のもたらしてくれるものに、心を奪《うば》われた。出会いが夏休み前だったのも幸いした。学校の補習だと父に嘘《うそ》をつけば、清嵐はなにも言わなかった。そうして衛は東京に連れ出され、銀座《ぎんざ》をはじめとしたさまざまな場所を巡《めぐ》った。美術館や画廊《がろう》もむろん、映画に音楽——とにかく、ありとあらゆるものを、福田には教えられた。粗末《そまつ》な服しか持っていないからと恥じる衛をテーラーに連れていき、良家の息子《むすこ》かのような清潔な洋服を与《あた》えられた。そして品のいいレストランにカフェと連れ回され、礼儀《れいぎ》作法に至るまでしっかりと仕込まれた。

「一流のものとはこうしたものだから。すべてを見て、心を磨《みが》きなさい」

むろん、絵も描《か》いた。課題を出された衛は『先生』と彼を呼ぶようになった。福田の口調もまた、衛を目下に見るものと変わったが、年齢《ねんれい》差を思えばなんの不思議もなく、むしろ彼に学べることは、衛にとって誇《ほこ》らしいばかりだった。

一途《いちず》なまでに必死に、福田の出す課題をこなした。夏休みが終わってからも、平日は中学から帰るなり離《はな》れに閉じこもり、休みの日には福田が衛のためだけに用意したアトリエで、腕《うで》が痺《しび》れるまで描き続けた。

こうなると、かつてあれほど不満に思えた清嵐の衛への無関心と無干渉《むかんしょう》はいっそありがたいほどで、福田から与えられるすべてを、衛は貪欲《どんよく》に取りこんでいった。

逆に、福田の絵のモデルもした。彼は一流の大学で学び、その後海外に留学していたというとおり、衛の稚拙《ちせつ》な筆では追いつかないほどの技巧《ぎこう》を持っていた。それもまた、衛が福田を尊敬し、傾倒《けいとう》する理由のひとつでもあった。

「でも、こんなものよりも衛はずっと、ずっといいものが描けるはずだ」

認めているんだと、ことあるごとに福田は伝えてくれて、それも衛にはたまらなかった。

最高級の教育、覚えがいい、才能がある、という賛辞。心を甘くとろかせるような言葉も、知識も教養も、それらのためにふんだんに使われる金も、福田は惜《お》しみなく衛へと注いだ。

そしてまた、ときには清嵐も及《およ》ばないほどに、激しく叱責《しっせき》した。

「少し描けるようになったからと、甘えてはいないか？　こんなだらしない子だったのか」

整った顔に侮蔑《ぶべつ》を浮《う》かべる福田のことが、心底恐《おそ》ろしかった。だから平伏《へいふく》して従った。

いい子にします、一所懸命《けんめい》にします、許して、見捨てないで。

そうして泣きながら縋《すが》ると、福田はとろけるような笑《え》みを浮かべ「わかればいいんだよ」と、叱《しか》ったぶんも衛を甘やかしてくれた。

それが心を操《あやつ》るための手管とも知らぬまま――季節が移り変わるころには、衛は心のすべてを福田に預けていた。

同時に、豊潤《ほうじゅん》な生活を知ったおかげで、山奥の家と、清嵐に対しての反発と嫌悪《けんお》は、ますます強くなっていった。

＊　＊　＊

――衛、十四歳、秋。

この世のすべては福田に与えられる、そんな錯覚《さっかく》を起こすほどにのめりこんだ衛と、福田のふたりが口づけを交《か》わすまでに、さしたる日数はかからなかった。

デッサンの指導を受けていたときのことだ。木炭を握る手に手を添《そ》えられ、背中から抱《だ》きしめられるようにしながら教えを請《こ》うていた衛は、不意に細い顎《あご》を取られて驚《おどろ》いた。

「……せんせい？」

秋の、よく晴れた日のことだった。夏に出会った男とは、驚くほどに濃《こ》い三ヶ月を過ごしたせいか、スキンシップの多い彼を、衛はなにも疑わなかった。

厳しく冷たい父親に与えられなかった、甘やかしと包容力。体温の伴《ともな》うそれを貪《むさぼ》っていた衛にとって、師と仰《あお》いだ福田に触《ふ》れられることは甘美な喜びでしかなかったからだ。

「じっとしていなさい」

福田にそう言われ、何度も何度も唇《くちびる》を撫でられても、衛は動きはしなかった。頬に口づけられるのも、海外生活を送ったこともあるという福田の、独特の習慣だと思いこんでいたし、少しずつ時間をかけて甘い毒に慣らされた身体《からだ》は、すでに福田の感触《かんしょく》を異質には思えなくなっていた。

なにより——あまたの芸術家たちは、男色嗜好《しこう》があったということを、衛は知っていた。男と女のそれよりも、いっそ高尚《こうしょう》な交《まじ》わりなのだという説も目の前の男に薫陶《くんとう》を受けていたし、福田の愛人たちのなかには、男性がいるのも薄々勘《うすうすかん》づいていた。そして、福田が同性を愛《め》でる感性を持っているのならば、自分もそこに入れてほしいと思っていた。

「吸ってごらん」

「ん……」

だから、唇を撫でていた指が、その歯列を割ってなかに入りこんできたときには、ようやくだと歓喜《かんき》した。口のなかを撫でる指を、素直《すなお》に言われるまま音を立てて吸う衛の顔には、陶酔《とうすい》の色しか浮かんでいなかった。

べっとりと唾液《だえき》に濡《ぬ》れた指を抜《ぬ》き取り、福田はねっとりとした艶《つや》を隠《かく》さずに笑った。

「衛は本当に、わたしに逆らわないね」

「先生の、言うことなら、なんでもします」

「指ではなく、舌を吸えと言っても？」

「できます……」

させてくださいと懇願《こんがん》し、おずおずと唇を触れあわせた。意地悪に動かない男の端整《たんせい》な顔を汚《よご》さないように、木炭の粉がついた手はかたく握ったまま、伸《の》びあがって口を開く。

「んん！」

福田は衛の小さな口腔《こうこう》をねぶりまわし、舌をしごきあげ、はじめての唇をこれ以上なく卑猥《ひわい》に犯しつくした。舌を吸いながら、みずからが与えた質のいいシャツに皺《しわ》を寄せ、衛の小さな乳首を幾度も抓《つね》りあげた。痛みと、恥ずかしさに身をよじり、必死になってそれに耐える衛は、全身を巡る疼《うず》きに恍惚《こうこつ》となった。

「いい子だ。衛は、いつでもわたしを悦《よろこ》ばせてくれる、覚えのいい、いい子だ」

「もっと、もっと悦んでくださいますか。ぼくは、どうすればいいですか」

こんなによくしてもらって、なにも福田に返すことはできない。だったら身体でもなんでも、与えてしまいたい。急《せ》いた手つきで服を脱《ぬ》ごうとした衛の手を止めたのは、当の福田だった。

「よしなさい。きみはまだ、子どもだから」

まだまだ、口づけで我慢《がまん》してあげよう。そう言われて、ほっとした。本当は未知の体験に臆《おく》する気持ちもあったからだ。

「早く、大人《おとな》になりなさい。わたしの手のなかで、存分に教えてあげるから」

やさしく抱擁《ほうよう》され、大事にされているのだと衛は涙《なみだ》ぐんだ。言葉のとおり、何度も何度も福田は唇を吸い、それがアトリエでの習慣になるのに、いくらの時間もかからなかった。

唇を与えながら、福田は慎重《しんちょう》に衛の性感を育てた。

甘い言葉をかけ、身体中を撫でさすり、少年の怯《おび》えがちな性器からは遠い、胸や脇腹《わきばら》、脚《あし》などに手のひらの感触をなじませ、ぎりぎり高ぶる身体をやさしく突《つ》き放した。

日に日に深まっていく欲情に耐えかね、衛が泣きながら抱いてくれとせがむのは、これからほんの二週間後のことだ。

福田の望んだような、従順で、淫《みだ》らで、肉欲に溺《おぼ》れきった人形が、水辺のほとりで父親に罵《ば》声《せい》を浴びせられたのは、その翌年のことだった。

＊　＊　＊

――衛、十五歳、春。

春雷《しゅんらい》が、納屋《なや》の壁《かべ》を震《ふる》わせた。

叩《たた》きつけるような雨の音に、衛はずきずきと痛む手足を縮こまらせ、すすり泣く。

衛と福田の姿を見てのち、ますます家にこもるようになった清嵐は、福田との交流をいっさい禁じた。

慕《した》う男と引き裂《さ》かれ、離《はな》れにあった絵も、その道具も、すべて清嵐の手によって焼き捨てられた。衛は、学校に通うことさえも禁じられ、監禁《かんきん》状態にされた。

かびと埃《ほこり》、そして代々の先祖が遺《のこ》した道具の詰《つ》まった納屋に閉じこめられ、衛は小さく身を縮めているしかなかった。

納屋に閉じこめられて、もう一週間は経《た》ってしまった。清嵐の苛烈《かれつ》な怒《いか》りはおさまらず、日に一度は顔を出して「正気に戻《もど》ったか」と叱責してくる。衛が強情《ごうじょう》に首を振《ふ》ると、ときどきには竹箒《たけぼうき》で撲《ぶ》たれた。そのせいで、衛の手足は真っ赤に腫《は》れあがっている。

「先生……」

泣きながら、衛は福田のことばかりを呼んだ。

(どうして、お父さんはあんなに怒ったんだ。ぼくのことなど、ほうっておいたくせに)

縛《しば》りあげられても、卑猥な姿を他人に見せられても、衛は福田を恨《うら》んでなどいなかった。

福田にとって自分が特別な存在などではなく、ただ彼の人形でいることを強《し》いられたのだと理解はしていた。それも、気に入りのうちのひとつでしかない。彼自身の特別などではない、それだけが哀《かな》しかった。

だが、衛にとって福田は至上なのだ。彼と対等になれるなどと、愛されるなどと、考えたこともないほどに、圧倒《あっとう》的な神だった。

「先生、せんせい」

きっとあのひとは、衛のことを忘れてしまう。福田の人形になりたがるものは多く、衛よりもきれいな少女も、才能のある男も、いくらでもいた。衛は多くの愛人たちのなかで、必死にいちばんのお気に入りでいようと努力していたのだ。

自分ごときの惨《みじ》めな存在で、遊んでくれるのならば、それでかまわないと、弄虐《ろうぎゃく》にも耐えた。福田がそれで「よい子だ」と誉《ほ》めてさえくれるのならば、どんな屈辱《くつじょく》を味わわされてもかまわなかったのに——清嵐が、その機会さえも奪《うば》ってしまった。

考えをあらためるまでは一歩も外に出さない、と宣言されていた。風呂《ふろ》も着替《きが》えも許されず、用足しさえこの納屋のなかですませろと言われていた。まだしも寒い時期だからよかったが、それでも狭《せま》い空間には耐えがたいような臭気《しゅうき》が満ちている。

(こんな、汚《きたな》くて、臭《くさ》いぼくなんか、先生は見向きもしてくれない)

福田のもとにいる折には、寒さも汚さも、衛には縁遠《えんどお》いものだった。

着る服はそのときどきの福田の気分にもよって変えられた。日がな、全裸で過ごすように命じられることもあったし、まるで吉原の遊女かのような、赤い着物を身に纏《まと》わされることもあった。福田を喜ばせるためだけに、そのころの衛は生きていたし、なんの疑問も持たなかった。高邁《こうまい》な美術論や教養と同時に、性具としての教育も徹底的になされた。

このころの衛にとっての福田は、自分を見捨てた父の代わりとなる保護者であり、師であり、厳しい指針であった。未熟な知識と技術を補うための教育を施《ほどこ》され、彼の考えこそが自分のそれであると錯覚《さっかく》するほどに、心酔《しんすい》しきっていた。

同時に、心も身体も甘やかし、なにひとつ飢《う》えさせることなくいさせる、支配者たる絶対の存在だった。

だから、どんな辱《はずかし》めを受けようとも、すべて受け入れた。男の誘《さそ》いかた、喜ばせかた、焦《じ》らしかたのすべてを覚えるように言われ、それが彼のためならと受け入れた。

生理現象はすべて、福田に報告することになっていた。用を足すことすら、福田の許可がいった。自発的な自慰《じい》はいっさい禁じられたが、彼の余興のために目の前で行うのはむしろ推奨《すいしょう》されたし、一日ひとりで遊んでいろと言われることもあった。

こらえきれず、白い精を吐《は》いてしまうと、福田は指一本触《ふ》れてすらくれないまま、衛を言葉だけでいたぶった。泣き崩《くず》れ、脚にすがって爪先《つまさき》を舐《な》めるまで、許されずに足蹴《あしげ》にされた。

福田の情を請《こ》うために、なんでもした。写真を撮《と》らせろと言われたのも、そのうちのひとつだった。ぎりぎりまで追いこまれ、他人の前で福田と交《まじ》わりながら脚を開くのはたまらなく恥ずかしかったが、これで許してもらえるならと従った。

だが、福田は滅多《めった》なことでは、本当の意味で抱《だ》いてくれなかった。衛を辱めるのは指か淫具《いんぐ》がせいぜいで、だからこそごくたまに抱きしめられることに、飢えきっていた。

（それでも、ぼくは幸せだったのに）

福田の理想の少年でいることだけが、衛の望みだったのに、こんな暗くて汚いところに押しこめられてしまった。

（もう、会えない）

むっとするようなにおい、寒さ、腫れあがった手足の汚らしさ。惨めな状況《じょうきょう》にも、福田が愛《め》でてくれた肌《はだ》を傷つけたことにも、衛はただ打ちのめされた。

しくしくと泣きながら絶望していると、納屋の戸がたたかれる。また清嵐が折檻《せっかん》に来たのかと震えあがると、思いもよらない声がした。

「……衛」

まさか幻聴《げんちょう》かと、衛は自分の正気を疑った。清嵐の折檻で腫れた脚をどうにか動かし、内側からは開かない戸に身を寄せて、こっそりとなかをうかがう気配に耳をすませた。すると、力強く、戸がたたかれる。

「衛、わたしだ、そこにいるんだろう？」

「先生……!?」

衛が声をあげる。がたがたと納屋の戸が動いた。おそらく、大ぶりの南京錠《なんきんじょう》で施錠《せじょう》されているのだろう。

まさか来てくれるなどと、思ってもいなかった。目を瞠《みは》る衛の前で、「どいていなさい」と福田が声を荒《あら》らげる。激しく、戸に打ちつけられるなにかの音がして、衛は叫《さけ》んだ。

「先生、だめです、いけません。父が」

気づかれてしまうと訴《うった》えるけれども、福田は問題ないと言った。

「清嵐先生はいらっしゃらない。今日は、紫綬褒章《しじゅほうしょう》の授与《じゅよ》記念式典だ」

日本画の大家がそれを授与されることになり、いかな世捨て人を気取る清嵐でも、顔を出さないわけにはいかなくなった。それを知って、ここに駆《か》けつけてきたのだという福田に、衛は信じがたい思いでかぶりを振る。

「どうして……どうして来てくれたんですか」

衛など、福田の手持ちの人形のひとつでしかない。代わりはいくらでもいるはずなのに、こんな雨のなかを、どうして。

「愚問《ぐもん》だな」

薪《まき》を割るための斧《おの》が、ついに戸の内側まで振り下ろされる。かんぬきが折れ、みしりと音を立てて歪《ゆが》んだ戸は、福田の体当たりに破られた。

現れた福田は、上質なスーツを豪雨《ごうう》に濡《ぬ》らしていた。スラックスの裾《すそ》や革靴《かわぐつ》は泥《どろ》に汚《よご》れ、撫《な》でつけた髪《かみ》は崩れて乱れている。

重労働に、福田は肩《かた》で息をしていた。ぎらぎらとした目は獣《けもの》のように鋭《するど》く、衛を射貫《いぬ》く光を放っている。

ずぶ濡れで、着崩れた服を身に纏《まと》っていてさえ、福田は高潔な貴族のように傲然《ごうぜん》と、そこに立っていた。

「わたしが、わたしのものを簡単に手放すはずがないだろう。それが誰であれ、奪うのなら、取り返す」

雷鳴《らいめい》が、轟《とどろ》いた。ばりばりと耳をつんざくようなそれすら、衛には聞こえない。

ただ、おいでと手を差し伸《の》べる福田の声以外、なにも聞こえない。

「おまえは誰のものだ、衛」

おのが姿の惨めさも、納屋に満ちた悪臭《あくしゅう》も、手足の痛みもすべて忘れた。ただ意味のない声をあげ、泣きじゃくりながら、さらいに来た男の胸に飛びこんだ。

その果てになにがあってもかまわなかった。使い捨てられる遊び道具のひとつでよかった。

福田が迎《むか》えに来てくれた、それがこのときの衛のすべてで——人生でいちばん、幸福な瞬間《しゅんかん》だったのだろう。

この年完成した『白鷺溺水《しらさぎできすい》』は、画壇《がだん》から激しい批判を浴びた。清嵐は二科会を退会し、さらにひと嫌《ぎら》いに拍車《はくしゃ》をかけ、衛と暮らした家を取り壊《こわ》して、いままでよりなおいっそう古めかしい、古民家をそこに建てた。

そして雷雨の夜に消えた衛は、二度と、生家には戻《もど》らなかった。

＊　＊　＊

——衛、十七歳、春。

清嵐と暮らした家から逃《に》げ、衛は福田のもとで教育された。高校には行かなかったが、通信で大学入学資格検定を取るように言われ、必死で勉強した。

中学の最後の年は、ほとんど学校に通えなかったはずだが、どうしてか衛は中学卒業の資格を得たことになっていた。

「おまえは、なにも心配しなくていい」

この手のうちに入ったのだからと、思うさま福田は衛を甘やかしてくれた。相変わらず、いろんな愛人がいるのは変わらないようであったけれども、少なくとも衛と暮らす家のなかに、他人を引き入れることはやめてくれた。

衛が、暴れて手がつけられなくなるからだ。わざと妬《や》かせて苦しめるようなことは悪趣味《あくしゅみ》でスマートではないと、福田は宣言し、そのとおりに衛を手のうちでかわいがった。

あとは、ひたすらに、愛欲に溺《おぼ》れる日々だ。

むろん彼の意向を汲《く》んで呑《の》みこみ、従順にすることができれば、という条件付きではあったけれども、数年をかけて開かされた花は、妖《あや》しく結実しようとしていた。


衛が福田のもとで暮らす一日は、ひどく長かった。

彼はほとんどを自分の画廊《がろう》ですごし、ほかにもあれこれと仕事の都合で出かけていく。だが衛には外出を禁じていた。

大学に通うことを推奨したのは福田だったけれども、それまでの期間のいっさいを、衛は彼とふたりきりで過ごすように命じられていた。否を唱えるつもりなどなにもなかったが、実質的にはふたりより、ひとりの時間が長いのがつらい。

連日連夜、抱かれてはいる。けれど少しも身体《からだ》の火照《ほて》りが抜《ぬ》けない。どうしてかずっと発情しきったような状態になっていて、なにをしていなくてもびっしょり濡れる。先走りが多い衛はいつも尻《しり》の狭間《はざま》まで濡れそぼち、まるで女の愛液のようだと福田はいつも、衛を嗤《わら》った。

十四で拓《ひら》かれた身体はあまりに過敏《かびん》で、身体が成長していくに連れてさらに欲深く、肉の悦《えつ》楽《らく》に囚《とら》われた。しかし、福田はその飢《う》えを楽しむかのように、滅多に衛を満足させるほど抱いてはくれなかった。

ひとり、勉強し、絵を描《か》くだけでは、夜までがあまりに長すぎるのだ。じんじんと肌が火照って、早く抱いて欲しいとそればかり考えていた。ただただ彼を待つしかできなくて、だから帰ってきてくれたときには、走って玄関《げんかん》までいってしまう。

「おかえり、なさいっ……」

「ただいま、衛」

福田は、はしたない格好の衛を見るなり小さく息をついた。本当はこんなあきれ顔ではなく、甘やかすように微笑《ほほえ》んでほしい。ぎゅっとしがみついて口づけをねだりたい。だが許してもらえるまで、そんなことはできない。

くすんと洟《はな》をすすり、衛は身に纏った丈《たけ》の長いシャツをめくった。

「先生……おねが、い」

脚《あし》の間まで粘液《ねんえき》が垂れている。一日中この状態なので下着も穿《は》けない。わかっている福田は少しだけ困った顔をしながら、衛のふくりと尖《とが》った性器にそっと触《ふ》れる。

「なんなんだ、これは」

びくびくっと肩を竦《すく》めた瞬間、もういった。でろりと中が溶《と》けていて、ぐにゅぐにゅのそこがひっきりなしに動いているのが自分でもわかる。立っていられないとその場にしゃがみこんだら腕《うで》を引いて抱《だ》きしめられる。

広い胸、逞《たくま》しい腕。福田の匂《にお》いのすべてに衛は欲情して、がくがくと脚を震《ふる》わせた。

「玄関のこんなところで欲しがるなんて、どういうはしたなさだ」

「あっ。あっ、あっ……ごめ、んなさい」

でも、もとはといえば福田のせいなのだ。昨晩、なにか妙《みょう》に甘いお菓子《かし》を食べさせて、途中《とちゅう》までこうして高めたくせに、挿入《そうにゅう》してくれずにほったらかした。飢えた内襞《うちひだ》がさみしくて苦しかったのに、指を入れると不器用な衛は怪我《けが》をするからと言って、入れるならこれだけ、と中《ちゅう》途半端《とはんぱ》な大きさの張り型を放って。

「あれは使ったのか」

「はい……あ、あ……っ」

もじもじと腿《もも》をすりあわせる衛を、意地悪くからかう。そして、濡れた場所をたしかめるように指を這《は》わせ、一本をゆっくりと挿入してくれた。

羞《は》じらいながら、福田の指の感触《かんしょく》にうっとりして、衛はこくりとうなずく。あまりの欲情が止まらず、福田のいない間の衛はひたすら苦悶《くもん》するしかなかった。慰《なぐさ》めにもならない道具を入れっぱなしで、寝台《しんだい》の上でずっと悶《もだ》えていたけれど。

「どうだった?」

「だめ……あれじゃ……」

熱っぽい息をついて、衛はもぞもぞと脚をこすりあわせた。今日の昼間、苦しさに耐《た》えかねて埋《う》めこんだ器具はたしかに少しばかり熱を冷ましてはくれた。けれど、立て続けに何度達しても、むしろ寂《さび》しくなってしまった。

「先生じゃないと、だめ。なにしてもだめ……あそこ、あそこが、熱くて」

いまは一本だけを挿入された場所。とろ、とろ、と指が動くたびに淫靡《いんび》な体液を溢《あふ》れさせ、衛の乳首《ちくび》はぎゅううと尖る。福田は焦《じ》れているのもわかっているくせに、ぬるぅ、ぬるぅ、とゆっくり、指先から根本までを出し入れするだけだ。

「先生……っ」

ひどい、と訴《うった》えるとくすくす笑われた。

「すぐ、欲しいんだろう？　そこに手をついて、お尻こっちに向けなさい」

「ん……ごめ、なさ……っあ、あああぁー……ああ！」

壁《かべ》に手を突《つ》き、尻を突き出すように言われて、従ったとたん、ずぶっと埋まってきた二本の指。ああ、ああ、と声をあげた衛はずるずると崩《くず》れ落ち、まるで動物のような格好で尻だけをあげる。

「わたしの淫乱な生徒さんは、いつから犬になったんだ」

「いや、そんな、ああ……」

手のひらを叩《たた》きつけるように何度も内襞を出し入れされ、激しくぐちゃぐちゃにされた。そのたびにぱたぱたと衛のいやらしい汁《しる》が溢れる。

「そんなにお尻をふって、よっぽどつらかったの？」

「うん、うん……ああン、いいっ、なか、きもちいー……っ、あっ、あっ」

よだれを垂らしてでもいるような、卑猥《ひわい》な濡《ぬ》れ方をしたそこが福田の指をおいしいとしゃぶる。気持ちいい、もっと、と蠢動《しゅんどう》し、何度もくいくいと腰《こし》が動く。

ただ突くだけではなく、福田は指をそのなかでじつに器用に動かす。内襞を撫《な》で下ろし、つまみ、震わせながら引き抜いて、ねじりながら突きこんで。

「い、くう、ゆびで、いくうー……イクの……っ」

「いいよ。ほら」

「はうぁああん！　あああん！」

空いたほうの手にこりこりと乳首を遊ばれながら、ふたつの指で交互《こうご》に突かれて、衛は絶頂に達した。けれどまだ足りるわけではなく、ぐったりした身体をそのまま抱《かか》え直される。

「ほら、どうしたい？　衛」

泣きじゃくり、うまい言葉も出なくて衛はかぶりを振《ふ》る。空気にさらされる粘膜《ねんまく》が冷たい。

膝《ひざ》まで伝う淫液がむずがゆく、痴態《ちたい》をさらしている自分にも煽《あお》られて、衛は無意識に腰をくねらせて男を誘《さそ》った。

「おね、がい……お願いです、おねがいっ……」

「なにをお願いしてる?」

無意識のまま腰をこすりつけ、手のひらが福田のそこをねっとりと撫でる。口づけながら、大きなそれをぎゅっと握《にぎ》り、早く早くと急《せ》くような手つきで硬《かた》くした。

前立てを開き、もうすっかり慣れた手つきでしごきあげる。先端《せんたん》を見つめている衛は無意識に舌なめずりをしながら、半身を壁にもたれさせたまま、自分の腰を揺《ゆ》すった。

だが、この程度で許してくれる福田ではない。

「衛は、なにをお願いしているの、言ってごらん」

「おしゃぶり、させて、くださ……いっ」

福田は疲《つか》れているはずなのに、ひざまずいてすぐ性器を舐《な》めはじめた衛を咎《とが》めることもしない。ため息ひとつで衛のはしたなさを許して髪《かみ》を撫でるだけだ。早くちょうだいと必死にねぶると、すぐに硬くなる。嬉《うれ》しい、これがほしいと濡れた目で訴えて、先端を舌でこすった。

(ああ、これいれたい、いれたい、いれたい)

福田の性器を見ているだけで興奮して、じんじんと疼《うず》いてくる。膝をすりあわせ、それでもこらえきれなくて股間《こかん》に手をやってもじもじしていると、福田が衛を抱き起こした。

「もういい。続きは寝台だ。膝が赤くなるだろう」

中途半端はいや、と泣きそうな顔で訴えたのに、抱えあげられ、行為《こうい》を止めさせられた。這うようにして訪《おとず》れた玄関から、抱きかかえられ逆戻《ぎゃくもど》りさせられた部屋には、体液まみれの張り型が、ぐっしょりになって皺《しわ》だらけのシーツのうえに散乱していた。

「遊んだあとの片づけもできないのか、この子は」

「ごっ、ごめんなさい」

さっきまでむなしく悶えていた形跡《けいせき》がすべて残っており、淫靡なにおいも蒸れこもっている状態に、衛は顔を赤らめる。けれど福田は細い身体《からだ》をその混沌《こんとん》とした場所におろすと、ネクタイをほどいて衛の右手首と右足首を、まとめて縛《しば》った。

脚を閉じようにも閉じられず、濡れそぼった場所を開きっぱなしにする、卑猥なスタイル。視線と空気にさらされる陰部《いんぶ》が、ひんやりと冷たい。

「悪い子には仕置きが必要だ。わかっているね？」

「はい……」

そのまま脚を開いておいで、とやさしく髪を撫でられ、従順にうなずいた衛は、寝台に放られていたなかでもいちばんえげつない、黒い玩具《おもちゃ》を手にする福田に顔を背けた。

「これは気にいらなかったのか」

「太いだけで……痛かったです」

上手《うま》く入れることもできず、口にくわえて遊んでいたと白状すると、「太い？」と福田は不思議そうに眉《まゆ》をあげた。その手は衛の膝を掴《つか》み、片方には淫具を持っている。

「おかしいな。衛にぴったりのサイズのはずだ……ほら」

「あふぁあっ!?　あああ！」

いきなり、ずぶ、と突き刺《さ》された。驚《おどろ》きとショックを受けて悲鳴をあげたが、それには痛みがまるでないことへの衝撃《しょうげき》が大きかった。

「ほら。ずぶずぶ入って、少しも痛くない。衛は大好きなはずだ」

福田はそういって、淫猥《いんわい》道具を操《あやつ》る。ひとり遊びをしたときとはまるで違《ちが》う、強烈《きょうれつ》な快感に衛は悲鳴をあげた。福田の手が添《そ》えられている、彼の視線を感じるというだけで、昼にはむなしさだけが残った淫具は、彼そのもののように衛を満たす。

「すごいな、衛……真っ赤になって、くわえこんでる。そんなにいいのか？」

「ああっ、はあっ、はあっ、いやーあ……いい……っ」

淫具を抜《ぬ》き差しされ、衛は放埒《ほうらつ》に腰を振った。音を立てて出入りするそれを、やさしい手つきで動かしてくれる福田の唇《くちびる》を必死に求める。

（ああ、ああ、いやらしい……）

濡れそぼってなめらかなそこを、硬い器具が犯《おか》している。感触はまるで違《ちが》うけれど、そのリズムは福田がいつもくれるものと同じだ。なにが足りないのか気づいてしまえばもはや快楽に止めどはなく、衛は悲鳴をあげながら内襞を犯す淫具を味わった。

「ここも……勃《た》ってる」

「はあう！　はふ！」

くりゅ、と性器の先端を軽く撫でられ、衛は瞬間的《しゅんかん》に絶頂を覚えた。だが腰の奥でうごめくものがいつまでもその感覚を長引かせ、両脚《りょうあし》を突っ張って激しく腰を揺らしてしまう。そこと一緒《いっしょ》にされるともうどうしようもなく、ぷちゅぷちゅと内部からは透明《とうめい》な体液が溢れた。

「うふ……う……っ、ん、んむん、ん、っあっ……ああ、せんせい、あっ」

「いくかい?」

「は……い、いく、いく、いきますっ……」

福田の器用な手に操られ、ぐるぐるとクリームを攪拌《かくはん》するような動きに変わるそれに、衛はみずから性器を摑み、揉《も》みたてながら尻《しり》をひくつかせる。窄《すぼ》まったそこへと激しく張り型を突き立てられ、衛は全身を痙攣《けいれん》させて叫《さけ》んだ。

「ああん、いきますっ、いっちゃう、先生、せんせ、いくううう!」

がくん、がくん、と全身がバウンドする。粘膜が、なにかを啜《すす》りあげるように内側に向かって締《し》まり、けれどそれを受けとめる器具の無機質さが衛のなかに違和感《いわかん》として残った。

「よく遊んだね。今度から、これでいいかな」

「あっ……あっ……いやあ……」

手足の拘束《こうそく》が解かれ、ずるりと抜き取られたあとも、物欲しげに腰はくねり続ける。火照《ほて》って痺《しび》れた場所がたまらず両手で押さえると、福田がその尻に口づけを落とした。ねっとりとした会陰《えいん》に音を立てて口づけられ、舌を差し込まれるとぶるぶると尻が痙攣する。

「いや？　なにが？　なにが……もっと欲しい？」

言いながら、長い脚の間にあるものを握らされた。ノーブルな印象の強い彼の、滾《たぎ》った剝《む》きだしの欲望。ごくりと喉《のど》を鳴らし、衛は無意識のままそれをしごき出す。

濡れている、熱く湿《しめ》って、脈打ちながら、衛を欲しがって泣いている。耐《た》えきれず、自分の尻に手をかけ、ひくついている媚肉《びにく》をさらした。

「ほし……っ、先生……の、……っを、入れて、くだ、さっあ、あっあっ」

「衛。なにを言ってるかわからない」

その程度じゃやれない、と耳を嚙《か》まれ、衛は苦しいと身をよじった。じゅくじゅくになった場所が、なかへなかへと生き物のようにうねっている。口を開け、涎《よだれ》を垂らして、男のそれが欲しいと泣きじゃくっているのに。

（ほしい）

眼前に突《つ》き出されたそれを舐めようとしたら、逃《に》げられる。ぬるっとしたものを乳首《ちくび》に当てられ、逞《たくま》しい性器が乳首を潰《つぶ》すようにつつくのを、朦朧とした顔で衛は眺《なが》めた。

ぬるり、ぬるり、と絵筆のように粘液《ねんえき》をなするペニス。欲しいのはそこじゃなく、開ききったさみしい場所なのにと衛は顔を歪《ゆが》めて、みずからの陰部を撫《な》でさすった。

「なにをしてるんだ。誰が触《さわ》っていいと言った」

「ああ、だって、だって……」

ぐにぐにと小さな突起《とっき》を潰す硬直《こうちょく》から目が離《はな》せない。握りしめたい、そう思うとぬるりと逃げられ、押しつぶされた乳首が淫《みだ》らに光る。衛の悪戯《いたずら》な手首は振り払《はら》われ、ぱくぱくと物欲しげに痙攣する内襞へと、福田の指がまた挿入《そうにゅう》された。何度か回転する。左右にわざと大きく振り、くちくちと音を立てて内襞を撫でまわし、そして引き抜かれる。

「とろとろだ。よく濡《ぬ》れる。衛はここの毛も薄《うす》くて子どもみたいなのに」

「いや……」

くい、と入り口の肉を拡《ひろ》げた状態で囁《ささや》かれる。火照りすぎた粘膜に空気が冷たい。奥の、ぽっかりと開いた孔《あな》も、うねうねとしている。

「指だけでいいのか?」

「あう、いや……いやです」

ゆっくり、また指を入れられた。そしてずるりずるりと襞を引っ掻《か》きながら引き抜かれる。長い、人差し指だけを何度も、何度も、気が遠くなるくらいに往復させられ、衛は悲鳴をあげて悶えた。

「あんな太くてえげつないものを入れていたくせに、これで足りるのか」

「い、や、たり、たりな……っはっ、はふ、はあ……ふっ」

ぽっかりと開いたままのそこを、彼の指が撫でる。ものたりなさと心地《ここち》よさにますます肌《はだ》が濡れ、「あー……」と惚《ほう》けたような声が出た。

「おや。指も気持ちいいのかな。さすがに貪欲《どんよく》だ」

こんなに紳士《しんし》的な顔で微笑《ほほえ》むくせに、福田の股間には怖《こわ》いくらいのものがそそり立っている。腹につきそうな勢いのそれは、先の張り型よりもずっと太くて長くて……ごくり、と衛は喉を鳴らした。

「先生……」

「なんだ、衛」

衛が涙目《なみだめ》で訴《うった》えれば、彼は指を小刻みに揺《ゆ》らしながら微笑む。

「お、おねがい、おねがいします……」

丸い尻の肉を両手で掴み、手のひらで押しあげるようにしてぐっと左右に開かれる。空気が冷たい。腿《もも》まで垂れた体液がぬるつく。掻痒《そうよう》感に脚をもじつかせると、やわらかくひやりとした声で問いかけられる。

「なにを、おねがいするんだ。どうしたいんだ？」

「ほ、ほしい、欲しいです」

福田は、じんじん痺れているところを指の腹でじっくり撫でながら、「言ってごらん」とやさしい声を出した。

「欲しい？　この淫乱《いんらん》な穴に、指は入れてやっているだろう」

「それ、じゃなくて、そうじゃなくて」

いまさらどうして、と衛はうつろな頭でゆるくかぶりを振《ふ》る。欲しがりな場所などもう、こんなにさらけ出した。

(どうして、くれないの)

もうこれ以上焦《じ》らさないで——と目で訴えれば、彼は静かに続けた。

「ちゃんと言いなさい、どこに、なにが、欲しい？」

「い、や……あ、あそこ、あそこに」

「あそこ、じゃない。この間教えてあげただろう。言ってごらん」

疼《うず》き続けた内襞を見せつけるように腰《こし》を突き出した衛のそこから、ぷちゅ、くにゅ、という音がするのは、淫らな肉の呻《うめ》きだ。福田に触ってもらえたと思えば嬉《うれ》しくて痙攣が止まらなくて、こくんこくんと水を飲みこむように内側に震《ふる》える粘膜《ねんまく》のせい。

「指じゃなければ、なにがほしい？」

ぐるり、と縁《ふち》をなぞる指に「いあっ！」と短く叫んで、衛はようやく気づいた。

さらけ出すのはこのいやらしい身体《からだ》だけではだめなのだ。衛の、期待して震えて待ち続けた頭の中身も、彼にさらけ出さないといけないのだ。

「ちゃんと言いなさい。そうしたら、してあげよう」

「でっ、でも……あ、あう、あっ！」

ごくっと息を呑《の》み、衛は彼の長い脚の間、形のいいそれを手におずおずと握《にぎ》って、訴える。

手のなかに感じる充溢感《じゅういつ》に、ごくっと生唾《なまつば》を飲んだ。これでこすりえぐられたくて、たまらない。呟《つぶや》いたとたん、きゅっと窄まったあそこから、とろりと粘液が溢《あふ》れ出した。

「こ、これが、ほしいです……」

「ふうん？　これをか」

ようやく身体をずらした福田に、求める場所へとそれを押し当てられた。張り出したところでぬるぬると入り口を刺激《しげき》され、もっと欲しいと腰を突き出すと、意地悪く引かれる。どうして、と涙目で見つめると、笑いながら唆《そその》かされる。

（ああ、ここに、ここに、ひどくされたい）

品がなくはしたない音を立てて、溢れている粘液を張り出した傘《かさ》でこそがれたい。

真っ赤に煮《に》えあがりながら言ったのに、まだ足りない、というように福田は微笑んだ。

「どこにほしい」

「ど、どこって……？」

「ここは、なんて言う？　ちゃんと、教えただろう」

どろどろのところをひと撫でされる。糸を引くほど粘《ねば》った液を滴《したた》らせた場所――肉の穴を、福田は女の場所に見立てた卑猥《ひわい》な言葉で表現させようとする。

女性器の俗称《ぞくしょう》は、もともと衛も、うっすらとは知っていた。それだけに、言ってはいけない言葉なのだというのを強く意識していた。

だから、はじめてそれを福田に口にされ、真っ赤になったとき。

——意外だった。意味がわからずにきょとんとするかと思ったのに。あんな単語を知っているなんて、いやらしい子だね。

軽蔑《けいべつ》するかのように笑われて、本当に恥《は》ずかしくて、死にたくなった。

その反応がお気に召《め》したのか、福田はことあるごとに、衛にそれを言わせようとする。

「言ってごらん？　もう言えるだろう？」

「や、や、いやあ……」

くちゃくちゃと、肉を捏《こ》ねるようなゆるい力でごく薄い陰毛《いんもう》をかき混ぜるように撫でられる。性器を中心に円を描《えが》くような動きは、少しもなかに伝わらないのに、痛いくらいに内襞《うちひだ》が窄《すぼ》まった。ぎゅん、と激しいそれは絶対に福田にもわかっているはずだ。力をこめるから、ますますきゅうきゅうと蠢《うごめ》き、それは丸い尻《しり》を見てわかるほど力ませる。

「言うって、なにを、なにをっ」

「わかっているくせに、まだとぼけるのか」

衛はもう半狂乱《はんきょうらん》で、物足りない愛撫《あいぶ》に必死に腰を振り、どうにか彼の指だけでもなかに入れられないかとあがいている。

「だったらもう一度、ちゃんと教えてあげよう。このまわりの悪い頭に」

「い、いや、言わないで、それは、言わないでっ」

恥ずかしいからやめて。穏《おだ》やかにさえ響《ひび》く声で促《うなが》す彼は、揃《そろ》えた四本の指で会陰《えいん》を、余った親指で窄まりを捏ねながら、とてもやさしく静かに告げた。

「ぼくは、――に男を嵌《は》めるのが、大好きだと言いなさい、衛」

「や―……あっ、いや！」

「簡単だ、言えるだろう？　衛の淫乱な――を、どうぞお使いください、だ」

その声は、衛の神経をびりりと軋《きし》ませた。

何度囁かれても、ぞくぞくする。ふだんあれほど上品な彼の口から出る、直截《ちょくせつ》な単語はあまりに卑猥で、似合わなくて――けれどそれを、興奮まかせに乱暴に吐《は》き捨てられたらきっと、こんな気分になりはしない。ふだんよりいっそやさしく、それでいて冷たく命じてくるから、指でいじられるばかりのところがとろけていく。

「あひあ、あ……っい、いやっいやですっ」

音を立てて、指が濡《ぬ》れた穴のまわりをいじる。全身を震わせた衛は必死になってかぶりを振り、言葉を拒《こば》むのに、福田はその小さな頭を追いかけ、耳を噛《か》む。

「いや？　おまえに拒否《きょひ》する権利は、あるのか？」

「あう！」

いまのいままでやさしく撫《な》でていたかと思えば、唐突《とうとつ》に暴君になる。うしろ髪《がみ》を摑《つか》んで、いきなり引かれた。首が仰《の》け反る痛みに悲鳴がこぼれ、衛は悶《もだ》えた。

「答えろ、衛。おまえに拒否する権利はあるのか。父を捨てて、男に抱《だ》かれるような、惨《みじ》めで淫《みだ》らなさまを、わたし以外にどうやって慰《なぐさ》めてもらう？」

「あ、ああ、申し訳……もうしわけ、ありま、せ……っ」

髪が引き抜《ぬ》かれるのではないかという痛み以上に、福田に見捨てられるのではないかという恐怖《きょうふ》が胸を埋《う》め尽《つ》くす。青ざめ震えた身体を、福田は突《つ》き放した。

「その欲しがりでみっともない身体を、どうやって満たす気だ、衛」

「先生に……せんせいが、かわいがってくださらないと、衛は、満たされません」

ぼろぼろと泣いて、衛は足下《あしもと》に縋《すが》りついた。おののきながら彼の長い足の指を舐《な》め、どうかこの身体を使ってくださいと哀願《あいがん》する。

「先生、お情けをください、お願いします……」

今度のねだりは、福田の気に入ったようだった。ひれ伏《ふ》した身体を抱きしめなおされ、さきほどとは打って変わった甘い口づけで、泣いた頬《ほお》を拭《ぬぐ》われる。

「それでいいよ、衛。わたしの言うことだけを聞いていればいい。羞《は》じらいや常識など、おまえにはいらない。そんなものは、捨ててしまいなさい」

「はい……」

もっとも、と福田は歪《ゆが》んだ笑《え》みを浮《う》かべた。

「あの水辺でとうに、捨てたものだと思っていたけれどね。思ったよりは慎《つつし》み深かったよう

「それは……っ」

「あのときもこうして、くれてやったろう。衛はとても悦《よろこ》んだ。お父上に見られながら」

「あ、ひ……い！」

衛のほっそりとした脚《あし》を開いた福田は、傲慢《ごうまん》に、我がものとした場所へと楔《くさび》を打ちこんだ。

「またあのときのように、カメラマンを呼ぼうか。彼らは感嘆《かんたん》していたよ、おまえの姿に」

「いやぁ……いや、いや、先生、せんせい」

もう縛《しば》られて撮影《さつえい》されるのはいやですと、泣いて縋って訴《うった》えた。だが、福田がそうすると言うのならば、最終的に衛はうなずくのだろう。たとえどれほど、彼以外にこのあさましさも淫らさも許したくないと思っていても、絶対の存在に抗《あらが》いきれるわけもない。

(溶《と》けて、堕《お》ちる)

男の身体を腰《こし》に挟《はさ》まされたまま、ぐずぐずになった肉をえぐられ、言葉でもいじめられ、衛はどこまでも崩《くず》れていく。哀訴《あいそ》の声をあげ、男の腰に脚を絡《から》めて悲鳴をあげながらも、衛の思考は冴《さ》え冴えとして濁《にご》らなかった。

「ああ……ああ、ああ、ああ」

声をあげながら空を掻《か》く手は、次に描く絵を必死に摑もうとしていた。福田の精を身に受ける瞬間《しゅんかん》、もっともいいアイデアが浮かぶのは、はじめて彼の前で絵を描いた日が、はじめて彼に抱かれた日でもあったからか、それとも別の理由があるのか、わからない。ただ、衛は毎日絵を描き、毎日福田に辱《はずかし》められ、そのふたつの事柄《ことがら》だけで生きている、という事実だけがある。

「先生、もっと、もっと、もっと」

もっと辱めて、苦しめて、いじめながら、衛の心をやすりにかけ、ぎりぎりまで研《と》ぎ澄《す》ましてほしい。

汗《あせ》に濡れた福田の顔が、好きだった。濡れた福田の髪は、衛を奪《うば》いとりにきたと宣言したあの夜を思い出させ、至上の悦楽《えつらく》に導いてくれる。

嵐《あらし》の夜にさらわれて、衛は肉の人形としてここにあり、そして夜ごとに進んで壊《こわ》される。

悦楽に溺《おぼ》れる衛の唇《くちびる》には、淫蕩《いんとう》にゆるんだ笑みが浮かび、福田はそれを、まるでうやうやしいものかのように吸いあげて、同じ色のまま、笑んでいた。

歪みきった蜜月《みつげつ》の時間は、精にまみれて、淀《よど》んでいた。

＊　＊　＊

——衛、十八歳、春。

「ベトナム戦争について、あなたはどう思いますか？」

来たな、と衛は顔をしかめた。腕《うで》を摑んできたのは、いかにも堅苦《かたくる》しい顔だちの青年だった。

「どう思うもなにも、興味はありません」

しらけた顔で腕を振《ふ》り払《はら》うと、青年はにきび面《づら》を歪ませて睨《にら》みつけてくる。

「あなたはそれでも、この国のことを思っているのですか？　そうした無関心が、この国をますますおかしくする自覚はあるのですか⁉」

ヒステリックに騒《さわ》ぎ立てる彼を、衛は冷めきった目で眺《なが》める。

大学に入学してからというもの、構内でこの手の話をいきなり切り出されるのは、いまの時世としてめずらしい話ではなかった。

学生運動の気炎《きえん》が全国的に高まるなか、衛の進学した芸大においても、例外ではなかった。芸術家肌《はだ》の連中は、おおむねノンポリ以前、というタイプも多かったが、構内にはどこの大学の人間とも知れない連中が入りこみ、あちらこちらでアジテーションが姦《かしま》しい。

衛にとっては、最悪の状況《じようきよう》だった。政治も、学園紛争《ふんそう》もなにも興味はない。頭でっかちの学生たちが、机上《きじよう》の空論に踊《おど》らされ、騒いでいるようにしか思えなかった。

なにより、ひどく手前勝手な理想論をぶちあげる連中にはついていけない。左だか右だか知らないが、平等の名のもとにはなにをしてもいいと思っている輩《やから》がいるのは事実だ。

衛自身は運動にも興味はないし、ひととつるむのは好きではない。だが、それ以上に、その手の連中に嫌悪《けんお》感を持ったのは、とある出来事がきっかけだった。

研究室の学生用のロッカーには当然、画材だけではなく私物も置いてある。古いロッカーなので少し弄《いじ》れば鍵《かぎ》も開いてしまうが、衛はまさか他人のそれを暴《あば》く輩がいるなどとは、思っていなかった。

しかし、衛のロッカーからたびたび、画材が消えるということが起きた。昼飯のあとに軽くつまむための菓子《かし》なども、いつの間にかなくなっているということも相次いだ。

犯人は同じ研究室の学生だった。彼もまた、共産主義にひどくかぶれていて、奇妙《きみよう》な平等主義者でもあった。しかしそれとこれとはべつだろう、他人のものを勝手に使うなど最悪だ、と怒《おこ》った衛に、彼は悪びれず言ったのだ。

――私的なもの、などという概念《がいねん》はおかしいよ。すべてのものは、皆《みな》で共有するべきだ。

盗《ぬす》っ人《と》猛々《たけだけ》しい言いざまに呆《あき》れかえり、それ以上は怒る気にもなれなかった。本来の主義主張をそこまで勝手にねじ曲げては、先人も浮かばれまいと、そんな気分に陥《おちい》ったものだ。

目の前のにきび面の学生も、おそらくその手合いなのだろう。見も知らない人間に、いきなり腕を摑んでそんなことを問いかける不躾《ぶしつけ》さも、衛の美意識に反した。

「ぼくは大学には、芸術を学びに来ているので、政治には興味がありません」

「なんだと！　きみは闘争《とうそう》することもなく、そうして安穏《あんのん》と暮らすのか！」

軽蔑《けいべつ》を滲《にじ》ませた目でさらに突っぱねると、相手は肩《かた》を摑《つか》んでくる。再度振り払おうとした衛に、顔に唾《つば》を飛ばす勢いで怒鳴《どな》った。

（きたならしい）

目の前の彼がまくしたてる言葉は少しも理解できなかった。そもそもなんのために戦うのか、衛には少しもわからなかったし、執拗《しつよう》に絡まれる理由が、衛の身に纏《まと》う高級そうな衣服や、手入れの行き届いた髪や爪《つめ》、染《し》みひとつない肌にあることも、とうに知っていたからだ。

「なんなんだその目は！　そうやって他人を見下すような顔でいられると思うな、ブルジョアが！」

わめかれて、衛はますます顔をしかめた。贅沢《ぜいたく》に慣れた青年の気配は、福田によって磨《みが》き抜かれた身体《からだ》のそこかしこに満ちているけれど、衛はそもそも、ブルジョアではないし、それをこの身に与《あた》えた福田の手が、すでにあらゆる闇《やみ》に染まり、汚《よご》れているのもわかっている。

（けれど、批判されるいわれは、どこにもない）

衛は衛自身についてどう思われようがかまわなかった。ただ、この瞬間顔を歪めたのは、福田によって与えられた衣服が、見知らぬ学生に引っぱられ、揺《ゆ》さぶられることで皺《しわ》になることが不愉快《ふゆかい》だったからだ。

「きみこそ、汚《きたな》い手で、ひとの服を伸《の》ばすのはやめてくれないか」

「なにを……っ」

煽《あお》るようなことを言ってしまったのは、いいかげん顔に唾を飛ばされるのもうんざりだったからだ。ひとつふたつの拳《こぶし》を喰《く》らうくらいでかまわないなら、早くこの手を離《はな》してほしかった。

だが、彼の振りかぶった拳は、衛の顔に当たる直前に、涼《すず》やかな声によって止められた。

「暴力で解決するのが、あなたの主義主張なのかしら？」

ひんやりとした甘い声に振り向くと、そこには細面《ほそおもて》の、目の印象的な女性がたたずんでいた。ジーンズにシャツというういでたちはそっけないほどで、とくに整った顔だちというわけでもないのに、きれいな長い髪《かみ》も、すっきりした立ち姿も、甘い豊潤《ほうじゅん》な香《かお》りを放つかのようだ。

「少なくとも、こんな往来で騒ぎを起こすことが、あなたの闘争だとしたら、ずいぶんちゃちな話だと思うけれど」

「なに……っ」

「理想や思想を語るなら、その短気さをまずどうにかしたらどうなの。それとも、わたしのことも殴《なぐ》る？　かまわないけれど、皆、見ているわよ。自分で自分を貶《おとし》める行為《こうい》は、よしたらどう」

赤らんだ顔で、彼女へと向き直った青年は、冷ややかに嗤《わら》われてさらに目を血走らせた。だがさすがに女性相手に暴力をふるうほど、わきまえない男ではなかったのだろう。衛を乱暴に突《つ》き放すと、唾を吐《は》き、まるで逃《に》げるように去っていった。

「唾棄《だき》すべきは自分の短絡《たんらく》さじゃないかしら。そう思わない？　一之宮衛さん」

唐突《とうとつ》に名を呼ばれて、とくに疑問には思わなかった。衛はこの大学に首席で入学し、教授の覚えもめでたかった。なにより自分の容姿が、異質なまでに人目を惹《ひ》くことも、福田によって植えつけられた自意識と自尊心とともに認識《にんしき》していた。

「……あなたは？」

「五升《ごしょう》めぐみ。愛情の愛と書くのよ。呼び名は、めぐ、でもめぐみでもかまわない。よろしく」

にっこりと華《はな》やかに微笑《ほほえ》んだ彼女は、いったいなにものだろう。警戒《けいかい》もあらわに眉《まゆ》をひそめると、「あら、つれない」ときゃしゃな肩をすくめた。

「同じ講義を、最初から受けているのに。顔も覚えていてくれないの？」

「教室にいる人間を見に来ているわけじゃ、ない」

むっつりとそう言い返し、けれど衛は「ありがとう」と告げた。

「あら、お礼は言えるのね」

「怪我《けが》をせずにすんだのは、あなたのおかげだと思うから」

「怪我をするのは、いやだったの？」

「当然だろう」

めぐみはその言葉に、読めない笑みを浮《う》かべる。

「そのわりには、怯《おび》えてもいなかったし、もめごとを回避《かいひ》しようともしてなかったわね」

図星に、衛は黙《だま》りこんだ。

衛自身は痛みを覚えようと傷つこうと、かまわない。苦痛には、ふだん福田に痛めつけられているだけ、慣れている。だが、福田の管轄《かんかつ》外の場所で怪我を負えば、叱《しか》られるのはわかっている。衛の肉体もむろん、福田の持ち物だからだ。

だがそんなことを、いま出会ったばかりの女性に説明する義務はない。おざなりに頭をさげ、衛はきびすを返した。

「また会いましょうね」

ほがらかな声を背中に投げかけられ、面倒《めんどう》だと無視した。大学にいるこの時間は、まったく無駄《むだ》な時間だと思う。福田が不在の折の暇《ひま》つぶしにもなりはしない。

さきほどの学生には、ここには芸術を学びにきたと告げたけれど、本心はどうでもいい。おそらく、本来なら学べるような知識も技術も、いまのこの荒《あ》れ果《は》てた学内では得られる様子もない。おまけに大学の講義で説《と》かれることなど、福田に叩《たた》きこまれたこと以上のものにも思えない。

(帰りたい)

衛は痛切に思う。福田と暮らすあの部屋に、ただひたすら閉じこもってセックスをして絵を描《か》く、あの生活に帰りたい。他者の存在などわずらわしい、ただただ福田に飼われたままでいたいのに、福田はそれを許してくれない。

——何年もかけて、おまえを磨き抜いた。誰をも魅了《みりよう》して、誰をも狂《くる》わせるだけの存在になったんだ。わたしの誇《ほこ》りだよ、衛。

凡百《ぼんぴゃく》の輩とは違《ちが》うことを見せつけるために、外に出ておいでと言われた。けれど福田のいない外界は退屈《たいくつ》なだけで、衛は日に日にしらけていく。

（ああ、でも、そういえば）

めぐみの顔だけは、やけに印象深かったな、と思う。大きな目のせいだろうか、とりたてて美人、というほどでもないのに、いきいきとして見えた。

（なぜだろう）

いままで大学に入って、衛が他人の顔を認識したことなど一度もない。名を呼ばれたり、遠巻きに見られたりすることは幾度《いくど》もあったが、それはあくまで壁《かべ》一枚を隔《へだ》てた向こうの存在としてしか、感じられなかったのに。

ぶるりと衛は震《ふる》えた。まだ遅咲《おそざ》きの桜がそこかしこで白い花弁を散らしている時期だ。とはいえ、陽射《ひざ》しはうららかで、なにも寒さなど感じない。

だというのに、この奇妙《きみょう》な不安感はなんだろう。

福田以外の世界など、欲《ほっ》してはいなかった。外の世界に放り出されたのも、結局はあの専制君主の気まぐれでしかないし、衛の世界はすべて福田に隷属《れいぞく》しているはずなのだ。

なのに、なにか、異物が転がり込んだような違和感《いわかん》を覚えている。

思うほどに福田と衛の——ひとの絆《きずな》が脆《もろ》いことを、このときまだふたりとも知らずにいる。

＊　＊　＊

――衛、十九歳、夏。

かんかんと照りつける日のなか、大学近くの公園で、衛はぼんやりと座りこんでいた。気ぜわしく動くひとびとを、見るともなしに眺《なが》める。汗《あせ》がこめかみからはたはたと落ち、地面に黒い染みを作るけれども、動く気がしなかった。

真夏だというのに、衛は長袖《ながそで》のシャツを着ている。理由は昨晩、ひさしぶりに縄《なわ》で縛《いまし》められ、吊《つる》していたぶられたせいだ。

(先生は、いったい、どうなさったんだろうか)

大学に入ってから一年が経《た》つころ、福田と衛の関係は少しばかり以前と様子が変わっていた。学園闘争《とうそう》に荒れた大学は、まともに通える状態ではなかった。だが世情も不安定で、そのくせ景気は右肩《みぎかた》あがりの状況《じょうきょう》に、全体がなにかの興奮に踊《おど》らされているかのようで、ひどく荒れて攻撃《こうげき》的な時代になっていた。

その空気は、衛にとってひどく馴染《なじ》まず、つらかった。だがそうした空気を感じ取れることこそ、同時に衛が『気づきはじめていた』、ということでもあった。

田舎《いなか》町の狭《せま》い幼い知識でいたからこそ、満ち満ちていた全能感が、この四年ですっかりすり減り、どこか自分自身というものについて冷めた目を向けはじめた。福田の愛《め》でてくれた才能とやらが、本当に自分にあるのかどうか、わからなくなってしまっていた。

少しずつ、自分が濁《にご》っていくようだった。あの山のなか、福田しか知らずにいた折の衛は、無知で無邪気《むじゃき》で愚《おろ》かな子どもだった。福田もそう言った。

――あっさりとわたしにさらわれて、ばかな子だ。

だがそう告げる福田の目は、やわらかく甘い光に溢《あふ》れていた。

あのころより衛には知識もついた。絵の技術もあがった、自分でものも考えられるようになった。

なのにどうしてだろう、どんどん『一之宮衛』は濁っていく。

(ぼくは、なにか、間違《まちが》えているのだろうか)

じっと、汗の浮いた手を眺める。この数年、福田が絵を描き男をたかぶらせる以外に、なにひとつするなと命じた手は白く、あのころのような肌荒《はだあ》れなどなにひとつない。

だが本当にこの手は、なにかを描くために生まれたものだったのだろうかと、衛は揺《ゆ》らいだ。

いま衛は、上野の美術館から戻《もど》ってきたばかりだ。事前通達をされていたから、わかってはいたものの、また――そう、また、公募《こうぼ》されていた美術展は、選外に終わった。

(どうして)

衛が描き、福田が認めたはずの重たい前衛画は、世間的な評価が少しも得られはしなかった。そのことが、ふたりの間に不協和音を奏《かな》ではじめていた。

衛もまた、創作の面で行き詰《づ》まりを感じていた。十四で福田に出会ってから、ずっと彼を信じ、描き続けてきた。だが、実際のところ応募する賞にはかすりもせず、どころか学内でもろくな成績が認められない。

あげくには先日、師事した教授には「きみの絵はただ陰鬱《いんうつ》なばかりで、なにも訴《うった》えてこない」とまで言われてしまった。画壇《がだん》でも発言力のある教授の言葉は重く、衛を打ちのめした。

衛自身は他人の評価などどうでもよかったけれど、なにより福田が、そのことで苛立《いらだ》っている様子なのはつらかった。この一年、ありとあらゆる賞に出せと唆《そそのか》す彼は、落選のたびにきりきりとした声でつぶやいていた。

――どうして、衛の絵が認められない？

ふたりきり、完結していた世界から外に出ろと言ったのは福田だ。彼は衛を見初《みそ》めた自分に絶対の自信を持っていた。それが周囲に認められないことを、彼は不服に思っているようで、どこまでも至らない自分が、衛は情けなかった。

衛が認められないということは、福田の審美眼《しんびがん》もまた問われてしまう。ひどい焦《あせ》りばかりが痩身《そうしん》を追い立て、思い悩《なや》むからこそ筆は進まず、荒れていく。悪循環《あくじゅんかん》だ。

夜の睦《むつ》みごとも、以前とは違ってきていた。なにかが濁っている。福田は衛を抱《だ》きながら、妙《みょう》な焦燥《しょうそう》に駆《か》られたように、過度のいたぶりをかけてくる。そして気鬱《きうつ》は晴れるどころか、ますます深まったように、全身で苛立っている。

泣かされるだけ泣かされても、昔はたっぷりとやさしくしてくれた。それが近ごろでは、もういらないとばかりに突《つ》き放されることが多い。

(ぼくは、できそこないの人形なのだろうか)

福田の理想であれないのなら、衛はいる意味がない。だったら、いまここにいる『一之宮衛』はいったい、なにものなのか。手首に残る赤い縄目を見つめ、衛は自分というものについて、いまさら考えねばならない苦痛と闘《たたか》っていた。

「また、冴《さ》えない顔をしているのね」

目の前が翳《かげ》ったと思うと、めぐみの涼《すず》やかな声がした。日を浴びて熱を持った衛の黒髪《くろかみ》に、彼女はやさしい手をかざす。

「日射病になるわよ」

「……ほうっておいてくれ」

どうしていつも、いやなタイミングで顔を出すのだと顔を歪《ゆが》める衛は、懲《こ》りずに追いかけてくるめぐみによって、心を揺さぶられ続けていた。

「ほうっておけない。この間も貧血を起こしていたでしょう」

「だから、なんだ」

「なんだじゃないでしょう。また地面に倒《たお》れたいの？　頭を打って気を失ったくせに」

　彼女はなぜか、ひとりにしておいてほしい衛をほうっておかない。疲《つか》れきったときや困惑《こんわく》したとき、いつぞやのようにトラブルに巻きこまれそうになったときに、必ず現れる。

いったい、どこから監視《かんし》しているのだと思うほどに。

不快感をあらわに、衛は立ちあがろうとした。だが昨晩も執拗《しつよう》にいたぶられた身体《からだ》は思うようにならず、また日に当たったせいで、彼女の言うとおりに、立ちくらみを起こした。

「……言わないことないじゃない」

　うるさい、と言う気力もなかった。頭も身体も熱いほどなのに、全身が冷や汗をかき、手足が冷たく痺《しび》れる。身体を支えためぐみがいなければ、それこそ昏倒《こんとう》していただろう。

「こっちに」

腕《うで》を引かれ、木立の奥へと向かわされた。芝生《しばふ》の生えた場所に横たえられ、シャツの襟《えり》をくつろげられる。少し待っていろと告げためぐみは、冷えたコーラを手に戻ってきた。

「飲んで」

「炭酸は好きじゃない……」

「わがまま言わないで、これしかなかった」

　背を抱き起こされ、厚ぼったいガラス瓶《びん》の口をあてがわれる。噎《む》せそうになりながらも、糖分と水分を同時に吸収した身体が一気に潤《うるお》った。しばらくぐったりと横たわって、とろとろとまどろみそうになっていたが、隣《となり》に座ってコーラを飲むめぐみの声が、覚醒《かくせい》を促《うなが》した。

「それは愛情なの？」

「愛情？」

なにか奇妙な言葉を聞いた気がした。そんなものを見たこともないし、摑《つか》んだこともない。

第一、唐突《とうとつ》になんなのだと顔をしかめると「それ」とめぐみは襟元《えりもと》を指さした。

「手首にもある。ひどい痕《あと》」

暑さにぼんやりと霞《かす》んでいた頭が、一気に冷えた。見られたことすら気づかないほど弱っている自分に歯がみしても、もう遅《おそ》い。

「緊縛《きんばく》絵のモデルでもしたの？　それとも、そういう趣味《しゅみ》？」

皮肉に嗤《わら》うめぐみは、衛の身体になにが起きているのかすべて、知っているように思えた。ごまかしは無駄《むだ》だろう。ぐったりとしたまま目をつぶり、衛は疲れきった声を発した。

「めぐみさんには、関係ないでしょう。これは、ぼくと、先生のことだ」

「先生というのは、噂《うわさ》の、あなたのパトロン？」

問いかけに、衛は唇《くちびる》を歪めた。

入試のときこそ首席を取ったが、その後は冴えない成績しか取れない衛は、下手《へた》に目立ったぶんだけ、悪い噂の的になっていた。

あまやかな容姿もまた、その噂に拍車《はくしゃ》をかけたのだろう。父、清嵐と仲違《なかたが》いをしたことも、親元を離《はな》れて大学に通っていることも、いつの間にか尾《お》ひれがついて学内に知れ渡《わた》った。妙に身なりや羽振《はぶ》りがいいことにまで疑問を持たれ、それがいつの間にか「パトロンか、パトロネスがいるに違いない」という、当たらずとも遠からずな話となってしまった。

世間とはあまりに下世話だと、衛はおかしくてたまらなかった。

そしてその世間が予想もできないほどの、淫虐《いんぎゃく》の世界に生きる自分はなんだろうと、身体のつらさが増すごとに、疑問を抱きはじめてもいた。

特別な人形であるはずだ。たとえ、世の誰が認めなくても、衛は福田にとって唯一《ゆいいつ》の理想であるはずだった。――それなのに福田は、揺れはじめている。衛を見いだした自身に、疑いを持ち、その鬱屈《うっくつ》を晴らせずに、綻《ほころ》びはじめている。

衛が、濁《にご》ってしまったからだ。

「……ぼくは先生に大事にされているよ」

認めたくない現実にも、眩《まぶ》しすぎる木漏《こも》れ日にも目をつぶった衛がつぶやくと、逃《に》げるなとめぐみは叱責《しっせき》した。

「そのどこが？　あなたはいたぶられているようにしか見えない。この一ヶ月の間、何度あなたが倒れたと思うの。そのたびに、そのひどい痣《あざ》を、何度わたしが見つけたと思うの？」

「助けてなんて、頼《たの》んでなんか、いないよ」

「頼まれてはいないし、あなたの趣味も咎《とが》めない。けれど、恋人《こいびと》には、もう少し手加減してくれと頼むべきだと思う。自虐《じぎゃく》は不毛だし、他人の暴力を容認するのは意気地《いくじ》なしだわ」

めぐみの正しい言葉は、歪みを自認する衛にはただ鬱陶《うっとう》しかった。だいたい、恋人とはなにごとだ。福田と自分との、あの誰にも真似《まね》できないつながりを、そんな俗《ぞく》な言葉でくってほしくはなかった。

「……ぼくは、大事にされてるよ。ぼくは、特別なんだ。あのひとの」

だってどんなに肌《はだ》を傷《いた》めても、腕だけは絶対に、痛めつけられたりしない。手首の痕は、あまりに衛が暴れるから、しかたなく縛《しば》りつけられたせいで、つまり、衛の自業《じごう》自得だ。

「先生の思うとおりの絵を、ぼくが描《か》けないから、だからいけないんだ」

だから、だから、福田は衛以外を抱くのだろう。

もう縛りあげられるばかりで、触《ふ》れてはもらえなくなって長い。十四から仕込まれ続けた身体は、三日と淫欲《いんよく》を我慢《がまん》できない体質になっているのに、福田はそれを知っていて、専属の縄《なわ》師《し》に衛を縛らせ、折檻《せっかん》するだけで満たしてくれない。

おかげでここしばらく、セックスのことばかりを考える。筆など握《にぎ》れない。絵を描けば、昔福田に背中から抱きしめられるようにして教えられたことを思い出す。昨日の折檻はそのせいで、キャンバスを前に自慰《じい》にふける姿を見られたからだ。

——おまえは、いつから、ただの淫乱に成り下がったんだ？

ぞっとするほど冷たい目で見られたあとに、縛りあげられ、罵《ののし》られた。衛は、福田に力で押さえこまれるより、あの冷徹《れいてつ》な言葉で受けるさげすみのほうが、よほどこたえる。

嵐の日、わたしのものだとさらいに来てくれた日、衛はみすぼらしく、汚《きたな》らしかった。それでも戸を殴《なぐ》り破った福田は、まるで至宝のように衛を抱きしめて走ってくれた。

あの記憶《きおく》が薄《うす》れないかぎりは、彼のそばにいたかった。だが福田はどうだろう。

濡《ぬ》れそぼちながら奪《うば》いとった宝玉は、まがいものだと、すでに気づいているのではないか。

「大事にされているというなら、あなたはなぜ、こんな顔色をしているの」

めぐみの言葉は、まっすぐに衛の奥へと突き刺《さ》さり、根腐《ねぐさ》れを起こした心を揺《ゆ》する。

やめてくれ、これ以上なにも衝撃《しょうげき》を与《あた》えないでくれと身を縮めることを、彼女は許さない。

「思われて、思いあう、それが愛情ではないの？　そうして先生とやらに恭順《きょうじゅん》の意を表したところで、あなた自身の意志はどうなの」

「そんなもの、いらない。ぼくはあのひとの理想の絵を描いて、理想のままの姿でいればいい」

「姿？　そのおきれいな顔のこと？　だったらあとたった、二十年もしたら、あなたは自動的にお払い箱になるんじゃないの？」

びくりと、身体が震《ふる》えた。衛の怯《おび》える根にあるのは、成長と同時に訪れた容姿の変化だ。

十四のころ、舐《な》めればとろける甘い人形のようだった衛も、もうじきに二十歳になる。骨格も身長も変わり、肌も変わった。いたぶられることに耐《た》えるだけの体力はついたけれど、それは彼が愛《め》でた『一之宮衛』のかたちを、もはや、なしてはいない。

福田が偏愛《へんあい》し、手に入れることのできなかった一幅《いっぷく》――父の描いた『白鷺溺水』を、衛は心底憎《にく》んでいる。あの絵のなかにある姿こそが完璧《かんぺき》で、衛はもはや、あの世界からはじき出された存在だ。

「絵を……絵を、描ければ、いいはずなんだ」

甘い抱擁《ほうよう》までがロールプレイの一環《いっかん》となったサディズムを向けられるなら耐えられる。けれどいまの福田には、かつて清嵐から受けたよりひどい、折檻しかもらえない。価値がない、価値がないと罵られ打擲《ちょうちゃく》されるたび、傷ついたのは肌よりも心のほうだ。

――あれもいやだ、これもいやだと。なにもできないくせに主張だけはする。

福田は昨晩、衛を打ち据《す》えながら疲《つか》れたようにため息をついた。

――わがままも、少しならばかわいげがあるけれど、度を超《こ》すと見苦しいだけだと教えなかったかな。

聞きわけのない子どもなど見捨ててしまうよと、昏《くら》い目で告げられて、震えた。

衛は焦《あせ》っていた。せめて、目に見える形で、それも世間というものに背を向けたはずの福田が内心欲《ほっ》している、栄誉《えいよ》、ひたすら明るい場所での評価と賛辞。それを得られさえすれば、ふたたび福田は衛に目を向けてくれるのではないだろうか。

「絵を描くお人形にされていることが、なぜわからないの？　それは暴力なのよ？」

どうしてよけいなことを言うんだろう。いらいらと、衛は冷や汗《あせ》に濡れた髪《かみ》を掻《か》きむしる。

「ぼくは、ぼくだけが先生に、あのひとが本当に欲したものを与えられるはずなんだ。そうしたらこんなことを、先生はぼくに、しなくていいんだ!」

がばりと起きあがり、めぐみを睨《にら》んだ。衛の隣に膝《ひざ》をついた彼女は、怪訝《けげん》な顔をする。

「しなくていい? どういう意味なの」

「……きみには、わからない」

衛が本当につらいのは、福田が自分を見捨てることではない。

衛を見初《みそ》めたことが間違いであったと福田が気づき、福田がそれに打ちのめされることだ。

「ぼくは本物でなければいけない」

もう、大学に入って二年目、一度も賞を取れない衛が、福田のそばにはべり続けている。この事実がすでに、福田功児という男の美意識からしたら、異常なことだった。

苛立《いらだ》つまま、芝《しば》をちぎる。目に映るのは、泥《どろ》に汚《よご》れ、成長し筋張った男の手だ。いくら細くとも、平均より甘い顔だちであろうとも、十四のころの衛ではない。もう福田に抱《だ》かれる資格もないほど、この身体《からだ》は育ってしまった。

それなのに福田は衛を手放さない。どころか、ひどく責め抜《ぬ》いたあと、気を失った衛がぼやけた意識で漂《ただよ》っている折には、傷んだ肌を撫《な》で、頬《ほお》をさすり、手を握って苦しげな顔をしてい

「違《ちが》う!」

る。

——衛、衛、わたしの衛……。どうしてだ。なぜなんだ。

なぜ、見こんだとおりに早熟な才能は開花することはなかったのか。なぜ、見捨てられないのか。苦悶《くもん》する福田の顔は衛しか知らず、それがゆえに苦しい。

衛さえ、かれの希《こいねが》うままに育てられたなら、福田はあんな痛みを抱《かか》えなくてよかったのだ。手放しきれない理由がわからず、自縄自縛《じじようじばく》に陥《おちい》らずに済んだ。だから、福田の苦しさは衛の罪で、縛られるのは衛への罰《ばつ》だ。

だがその混沌《こんとん》とした歪《ゆが》みさえ、ふたり以外の誰にもわけあたえる気はなかった。

「ぼくは、きみが好きになれない」

告げると、めぐみは哀《かな》しそうな顔になった。そして衛の頰を、白い手でそっと撫でた。

「あなたは知らないの。なんにも知らないの」

やさしい、せっけんのにおいのする、女性の手の感触《かんしょく》に、衛は震えた。

「可哀想《かわいそう》なひと。まるで赤ん坊《ぼう》のようなのに」

福田の長い指とは違う、しっとりしたやわらかさが、心の内側に染《し》みいってくる。

「本当にあなたが欲しいものは、わたしが教えられるし、あげられると思うのに」

衛はその言葉に惑《まど》った。なにを言いたいのか、わかるようでいて、わかりたくはなかった。

ぐらぐらと、福田以外に揺さぶられることのなかった心が揺れて、恐《おそ》ろしかった。

(絵を、描こう)

春の二科展はだめだった。せめても、先日公募《こうぼ》された一水会のほうには入選したい。ほんのかすかでいい、わずかでいい、彼に『こうして認められました』と誇《ほこ》れるものを見せてあげたい。

(そうしたら先生は、苦しまずにすむのでしょう?)

見込み違いであったと、おのが目が狂《くる》っていたなどと、福田が打ちのめされないように。それだけを思って、衛は絵に打ちこんだ。

しかし、この年のうちには、衛はいずれの賞をも取ることはできなかった。

ずいぶんと福田には叱《しか》られた。撲《ぶ》ってもくれなくなったことで、ついに終わりが来てしまうのかと泣きわめき、開けてもらえない福田の寝室《しんしつ》の扉《とびら》を、拳《こぶし》がすり切れ、血が出るまで、ひたすらにたたいた。

「先生、先生。いい子にするから。今度こそ、ちゃんと賞を取ってくるから」

それでも扉は開かず、衛は大学にもいかず、部屋にこもって、倒《たお》れるまで絵を描《か》いた。福田の部屋の扉を叩《たた》き続け、腫《は》れあがったままの手は痛かったけれども、ほかになにもできることはなかった。食事も摂《と》らず、とにかくこの一枚だけはとただ、描き続けた。

制作の途中《とちゆう》で意識を失い、気がつけば、ベッドの横には福田が座っていた。

彼は、ひどく疲れた顔をしていた。

「食事は、摂りなさい。肌《はだ》が荒《あ》れる」

「はい」

「わたし以外の理由で疵《きず》をつけるなと言っただろう」

「……はい」

包帯の巻かれた拳を握られ、力ない叱責《しつせき》を向けられて、衛は涙《なみだ》が出た。ひさしぶりの、やさしい接触《せつしよく》と言葉だった。そして福田のものをこうして痛めつけた自分が不甲斐《ふがい》なかった。

そのうえ、福田は本当にひさしぶりに、衛を誉《ほ》めてくれた。

「できあがったものを見た。よく描いた」

嗚咽《おえつ》が止まらず、「ならば褒美《ほうび》をください」とせがんで、床《とこ》をあげたらちゃんと抱くことを約束してもらった。しがみついても振《ふ》り払われない、それだけのことがあまりになつかしく感じて、衛はしばらく泣き続けていた。

数日休養を取り、ゆっくりと休んだあとに、約束どおり縛《しば》られも撲たれもせず、手ほどきをされたころのようにやさしく抱かれて、衛は嬉《うれ》しかった。福田も、追いつめるまで飢《う》えさせたことを詫《わ》びるように、何度も衛を追いあげてくれて、なにも不満などなかった。

だが、心のどこかで、疲労《ひろう》を感じていたのは事実だろう。強烈《きょうれつ》な違和感《いわかん》だけが身の内にくすぶって、どうしてなのだろうと、痺《しび》れた手足を持てあましながら、衛は考え続けていた。

(きっとあの絵すら、どうにもならない)

福田が誉めてくれたのは、おそらく衛を完全には壊《こわ》すまいとした気遣《きづか》いだ。手加減をされた、そう感じたのは本能的な勘《かん》でしかなかった。自失し、ただただ惑乱《わくらん》だけを塗《ぬ》りこめたあんな絵が、福田の審美眼《しんびがん》に適《かな》うわけもないことを、誰より知っていたのは衛だった。

情事のあと、髪を撫でる手にまどろみながら、もういいのではないか、と思った。

こうして抱き人形になっているだけでも、福田に使ってもらえるなら、もうそれでもいいのではないか。ひどく投げやりになっていると気づかないまま、衛はふと、大学でいつも話しかけてくる彼女の言葉を思いだした。

――それは愛情なの?

広い胸に抱かれている瞬間《しゅんかん》、胸に拡《ひろ》がる違和《いわ》。それは衛が愛というものを理解していないからなのだろうか。福田の愛情とはなんだろう。執着《しゅうちゃく》と強制以外のなにかが、ここに生まれているのならば、それはなんだろう。

誰かに、問いかけたいと思った。答えを衛は持っていないから、教えてくれる誰かに。

(ぼくに、教えてくれるひと)

幼くして出会い、衛の指針であった男が、それにふさわしいと思えたのは、ごく自然な発想であっただろう。

それが、福田が衛に欲《ほっ》し続けたすべてを、ひっくり返す言葉とは思いもよらず。

「このまま絵など描かず、ただ、あなたとこうして愛しあいたい。そう言ったら、どうなさいますか」

つぶやいたあとの福田の顔は、鬼《おに》のように青白く、なにか奇異《きい》なものを見るかのような目で衛をじっと眺《なが》めていた。言葉の真意を探《さぐ》るような視線に、衛はただ、自分がなにか間違えたのだと、それだけを悟《さと》った。

「俗《ぞく》なことを言う。誰に入れ知恵《ぢえ》された」

「入れ知恵、などでは……」

「やはり大学になど行かせるのではなかったよ。……幾度《いくど》も女のにおいまでつけて帰ってくる。そのうちどこぞで、種でも落として来るような、見苦しい真似《まね》だけはするな」

心底軽蔑《けいべつ》しきったような声に、衛はうちのめされた。

そのあと、いままでの行為《こうい》などしょせんはなまぬるかったのだと教えこむように、徹底的《てってい》にひどく抱かれた。縄目《なわめ》がつくまで縛りあげられたあと、梁《はり》に吊《つる》された。裂《さ》けると言うのに福田を呑《の》んだ場所に指や、そうでないものを入れられ、翌日には泣き腫れた目が開かなかった。

そうして、その目の腫れがおさまるころ、衛ははじめて、福田以外の男に、犯《おか》された。

「よくできた人形だ。絵を描くのがいやだと言うなら、せめてわたしの役に立ちなさい」

冷笑《れいしょう》する福田の目の前で、十人の男は代わる代わるに衛を貪《むさぼ》り、楽しげに嗤《わら》った。

こころが壊れないのが、不思議だった。

＊　＊　＊

——衛、二十歳、秋。


一度そうしてからは、福田は衛を、いろんな男に貸し出した。

もはや抵抗《ていこう》の言葉は意味をなさず、身体《からだ》の自由がきかないままになぶられ、犯され、ただの道具として扱《あつか》われた。

それは、かつて福田がその身を仕込んだ日々よりもなおつらく、いっさいの意志を持たない、肉の人形のような扱いだった。

かつての衛もたしかに人形ではあったけれども、それは、お気に入りの、高級な服を着た、大事に飾《かざ》られるそれであった。

　しかしいまとなっては、髪《かみ》を摑《つか》んで振りまわされ、もう壊れてしまえばいいと下げ渡《わた》された、飽《あ》きられてしまった玩具《おもちゃ》でしかない。

　売春婦（hooker）は肉体を売り、娼婦《しょうふ》（prostitute）は愛と夢を売るという。ならばせめて少しでも、ましな存在になってみせろと嘲笑《あざわら》った。

「おまえは、一流の娼婦になりなさい。それ以外になにもできないと言うのなら、わたしが教えこんだもののなかで、唯一《ゆいいつ》使えるものを武器に、生きていけばいい」

　それ以外には、まったくものにならなかったのだからと嗤いながら、福田は、衛を睨《にら》んでいた。この不貞《ふてい》を許さないと、殺してやるとばかりに睨み続けていた。

　福田は、衛を誰かに貸し出したあと、どんなふうに抱《だ》かれたか、どんなふうによがったか、逐一《ちくいち》言葉で報告させた。身体に受けた暴力のことを言葉で説明するのは、二度、犯されるようなものだった。それだけならまだしも、『客』の施《ほどこ》した行為を福田自身が倣《なら》うことさえあり、そうすると衛は日のうちに、三度の暴虐《ぼうぎゃく》を受けた。

　そして、汚《よご》すだけ汚され、ずたぼろになった身体を清められたあとは、必ずアトリエへと連れていかれ、もう力も入らない腕《うで》に、絵筆を握《にぎ》らされた。

「さあ、描きなさい。いまの気持ちをそのまま」

　休みたい、眠《ねむ》ってしまいたいと思っているのに、福田にそう命令されると、衛は描く以外になにもできなかった。澱《おり》のたまった胸の裡《うち》を叩きこめた画布は、臓物をぶちまけたかのような陰惨《いんさん》さに満ちあふれ、それを見て福田は、いかにも満足そうにうなずいた。

けれども衛にはこれが、少しもいいものとは思えなかった。

福田自身も、本当の意味では満ち足りていないこともわかっていた。

かつて、手ほどきをくれた折の、あの『見つけた』といわんばかりの目の輝《かがや》きは、どこにもない。眩《まぶ》しいもののように、これこそが探していたものだと凝視《ぎょうし》してくる、衛の捕《と》らわれた強さは、いまの福田のどこにもなかった。

(……せんせいは、なにが怖《こわ》いのですか)

胸のなか、けっして言葉にしてはならないと思うそれが、渦《うず》を巻く。

(先生は、ぼくの描くものに、こんな濁《にご》った目を向けるひとではなかった)

黒に近いほどの赤を塗りこめながら、衛はいつしか泣いていた。

「なにを泣く」

福田の問いかけは、もはやうつろとなった心を軽く撫《な》でるだけのものとなる。

「ぼくはあなたのものだ」

「知っている」

「知っているならなぜ、誰かに貸し渡すのですか」

「文句を言うな。おまえがわたしのものなら、逆らう権利はない」

そういうことを言っているのではないと、衛はかぶりを振る。

羞《は》じらいに、いや、と口にしたことはあるけれど、一度として本気で拒《こば》み、逆らったことはなかった。他人に貸し出す行為も、福田が本心からそれを必要としていたのならば、衛はなんの疑念も持たず、従っただろう。

だが、福田は衛がよその男のもとで抱かれてくるたび、嫉妬《しっと》で焦《こ》げ死にそうな顔をしているのだ。冷静を装い、みずから望んだと嘯《うそぶ》くけれども、福田のことが衛にわからないはずがない。

自分ではいじめきれないからと、誰かに肩代《かたが》わりをさせるひとではなかった。衛に対する残《ざん》虐《ぎゃく》さは日を追うごとに増していくのに、傷ついた肌《はだ》を撫でては途方《とほう》にくれたような顔をする、そんなわけのわからない福田など、福田ではない。

まして、まるで濁った目で、こんな駄作《ださく》を愛《め》でる福田など、衛の福田ではない。

絶対の支配者で、美の信奉《しんぽう》者であった。彼の認めたもののひとつであった衛は――一之宮衛という『作品』は、他人の手垢《てあか》など付いてはいけない、そういうものであったはずなのに。

(愛するのが、怖いですか。それはぼくに支配されることだからですか)

必死になって貶《おとし》めなければ優位に立てない福田など、見たくなかった。

「先生」

「なんだ」

「あなたは、ぼくを、どう扱ってもいいんです。それが、あなたの意志なら」

「なにが言いたい」

「あなたを、愛しています」

答えはなく、くだらないと言わんばかりに、福田は鼻先で嗤った。けれど一瞬、その目が泳ぐように揺《ゆ》れたことに、衛は失望した。

「忘れないでくださいね。ぼくは、あなたを愛しています。あなたがぼくを、どう思っていようとも」

その言葉は、おそらくまっすぐには受けとられなかっただろうことは、続いた福田の言葉でよくわかっていた。

「おまえが、おまえ自身について考える必要などない。わたしがおまえに対して、なにかを考えることもない。同じ気持ちを返すことなど、あり得ない」

ええ、そうでしょう、と衛はうなずいた。そして思った。

あなたより、ぼくのほうがよほど、壊《こわ》れて、罪深い。

めぐみに提示された時点で、衛は自分の愛情を知っていた。それは愛する相手を壊すだけのものだとわかっていた。

福田を傲慢《ごうまん》な支配者でいさせ続けたかった。彼自身の尊厳を損《そこ》ねずにいたかった。

それには、原因を排除《はいじょ》する以外に、なんらの方法はない。手慰《てなぐさ》みに手折《たお》った玩具に乱される心など、持っていて欲しくなかった。少しばかり器用な絵を描《か》くだけの抱き人形に、千々《ちぢ》に乱される心など、福田にはいらないのだ。

あっては、ならないのだ。


その年の衛は、「愛情を教えてあげるから」と告げためぐみの手を取って、逃《に》げた。

彼女を頼《たよ》りにしたわけではなく、ただ福田から逃げるための方法を、ほかに知らなかった。

福田には——あの絶対の至高には、最後まで、愛してくれとも、やさしくしてくれとも、望まなかった。

そんなものは、はじめから、望んでなどいなかったのだと、福田は気づいてくれるだろうか。

日本を出る直前、学生として最後に提出した一枚は、衛なりに福田への愛を綴《つづ》ったものだった。薄汚《うすよご》れ、ねじれた鬱屈《うっくつ》だけがこもったそれを、衛は少しも気に入らなかったのに、福田はひさしぶりに手放しで誉《ほ》めた。そのことすら哀《かな》しく、惨《みじ》めだった。

『逆理』と名づけたその絵が、二科会での会員賞をとったらしいと、ずいぶんあとになってから聞いた。

ことさらに大きな賞でもなく、中途半端《ちゅうとはんぱ》な賛辞を得たなと、しらけた気分になった。

それはどこか、衛と福田の絡《から》まりあった日々に、ふさわしいもののように思えた。

＊　＊　＊

長い、長い追憶《ついおく》に、額が熱くなった。

窓をたたく風雨は、さらにひどくなった。がたがたと鳴る立て付けの悪い窓の音に、納屋《なや》を揺らした雷雨《らいう》を思いだし、衛はひさかたぶりに身体《からだ》が熱くなるのを感じた。

――わたしが、わたしのものを簡単に手放すはずがないだろう。それが誰であれ、奪《うば》うのなら、取り返す。

福田が言い放った言葉、濡《ぬ》れた髪、差し出された強い腕のすべては、長いときを経《へ》てもまだ鮮明《せんめい》に記憶に残っている。

だが、あれが一瞬のきらめきでしかなかったことも、継続《けいぞく》できるようなたぐいの高揚《こうよう》ではなかったことも、老いを意識する年齢《ねんれい》になり、そして本当に老いるより早く朽《く》ちることを知った衛は、同時に悟《さと》ってしまっていた。

丁寧《ていねい》に、文字を綴る。震《ふる》えのないように、福田にうつくしい字だと認めてもらえるように、書き損じやインクの染《し》みのひとつも許せず、衛は緊張《きんちょう》しきって書き続ける。

『何故《なぜ》、私達は、貴方が仰《おっしゃ》るところの〝くだらない世間〟によくあるような、やさしく情を絡ませる関係で、穏《おだ》やかにいられなかったのでしょうか。何故、私は貴方《あなた》から逃げる道を選んでしまったのでしょうか』

なぜ、ふつうに愛しあうことを、そのなまぬるい、日常に溺《おぼ》れる行為《こうい》を、あんなにも許せずにいたのだろうか。異様なまでに囚《とら》われていた日々が遠く霞《かす》むいま、衛はなにひとつわからないと考える。

けれども、ただ若さゆえの狭《せま》い思いこみだとか、そういうもので終わらせたくはなかった。

福田と衛はおそらく、同じ高みを目指していたのだと思う。至高の芸術、とでもいうようなものをひたすらに信じ、教え、教わることでそこにたどり着けると思っていた。

抱《だ》きあうのはその淀《よど》みを押し流すための行為でもあり、異質である自分たちを意識するためだけのものでもあったと思う。

けれど、そこに、『ただあたりまえに恋人《こいびと》を愛する』という、甘い濁った誘惑《ゆうわく》が混じった。

ひととして考えた場合、むしろ崇高《すうこう》であり、尊いとされる感情は、ふたりの間においては異物でしかなかったのだ。

——ぼくは、あなたを愛しています。あなたがぼくを、どう思っていようとも。

そう、たとえ、福田が俗物《ぞくぶつ》のように、衛を『愛して』しまっていたとしても、衛はそれでもよかったのだ。だが、福田はそんな自分をけっして許しはしなかっただろう。要因となる衛を、どこまでも恨《うら》んだだろう。

恨まれるくらいなら、憎《にく》まれたかった。高い場所から蔑《さげす》んで、踏《ふ》みつけにされていたかった。

衛ごときに囚われる福田など——衛は、いらなかったのだ。

長い年月を思い返し、衛はペンを走らせ続けていた。

『どうして貴方は、私などを拾ってしまったのでしょう。何故あのまま、まわりなど見えないまま、閉じきって』

いられなかったのかと——と書きかけて、手が止まる。

「……っ」

咳《せき》が、喉《のど》をついて突然《とつぜん》、溢《あふ》れた。

恨みとも、熱烈《ねつれつ》な愛を綴ったとも言える手紙のうえに、こぽりと赤黒い液体が落ちた。

せっかく、指の震えをこらえ、うつくしく文字を綴っていたのに、すべてが台無しになってしまった。

「もう……紙は、ないのに」

福田に見せられるような、うつくしい便せんはこれで終わりだ。気づいたその瞬間《しゅんかん》、目が覚める。結局はこんな手紙など、福田に出すことすらできはしないことを。

すべては終わったのだ。終わっていた。幼くして散らされ、十五で彼のもとへと走り、壊れそうな思いをしながら抱きしめ続けた男とすごしたたった五年、それをはるかに超《こ》える時間が、過ぎ去ってしまっていた。

二十歳のあの瞬間、もう、福田の愛した一之宮衛は死んだのだ。同時に、衛の欲《ほっ》した福田もまた、死んでしまっていた。

けれどこの身は、十数年、生きながらえてしまった。ただ、鼓動《こどう》を止めず、息をして食事を摂《と》り、排泄《はいせつ》をするだけの、そんな人生のようなものだった。めぐみに生かされ、慰《なぐさ》められ——ふたたび息を吹《ふ》き返したのは、この子どもができてから。

「藍……」

咳《せ》きこみ、吐《は》いた血を手元にあった布に吸わせたあと、衛は丁寧に福田宛《あて》の手紙を破いた。

そして、残り少ない紙をかき集め、もう一度万年筆を取りあげたが、もうそれにはインクはなく、しかたなく、錆《さ》びたつけペンを探しだし、絵の具を溶《と》いてインク代わりにした。

安い、質の悪い紙を、福田には使えないけれど藍には渡《わた》すことができる、それは衛のなかで福田のほうが藍より高い位置にあるわけではない。

藍ならば、衛は甘えることができる。血のつながった我が子だから、身内だからこそ、こんなみすぼらしい紙しか使えない、不甲斐《ふがい》ない父親を、「許してくれ」と言うことができる。

福田には最後まで、そうはできなかった。あのままいたとしたら、お互《たが》いにもっと、どこかの情けなさを曝《さら》して受けとめてくれと、自然に願うことができる。

帰れない場所に行くまで、引き返せなかっただろう。

引き留めてくれたのは、彼女だった。

——本当にあなたが欲しいものは、わたしが教えられるし、あげられると思うのに。

かつて妻が言った言葉を、衛はいまごろになって噛《か》みしめる。

彼女が衛に遺《のこ》したものは、あまりに大きく、豊かだった。無自覚のまま飢《う》え続け、福田の歪《わい》曲《きょく》した理想を体現することでそれを埋《う》めていた衛に、めぐみはどこまでもまっすぐな、名前のとおりの『愛』を捧《ささ》げ続けてくれた。

女性として、恋愛《れんあい》の情を持って接したかと問われれば、それはむずかしい。

福田のもとから逃げるときまで、衛とめぐみは男女の関係ではなく、あまつさえはじめて身体《からだ》を結んだのは、この国に落ち着いて何年も経ってからだ。それも、お互い望んでの形とは言いがたかった。

衛の心も身体も、福田の呪縛《じゅばく》から逃《のが》れられなかった。肉欲を鎮《しず》めきれず、心を病《や》んでのたうち回る衛を、めぐみが抱いてくれた。それは福田が衛に教えこんだのとは、真逆の快楽でもあって、胎内《たいない》回帰の欲求そのものでもあった。

しがみつき、先生、先生と壊《こわ》れたように泣く衛を、じっとめぐみは抱きしめ続けてくれていた。恋人のように、姉のように、母親のように。

すべてを捨ててこの地へと逃れ、衛のために働き続けた彼女がみまかったのは、藍を産んですぐのことだった。ぎりぎりの体力で出産した彼女は、病床《びょうしょう》にあっても、あの独特な目の輝《かがや》きだけは失わなかった。

けれど痩《や》せた身体は細く、小さく、こんな小さなひとに、長い間支えられ続けていたのかと気づいた衛は、涙《なみだ》が止まらなかった。

——しかたないひと、泣かないのよ。

子どもにするように髪《かみ》を撫《な》で、めぐみはいつものように微笑《ほほえ》んでいた。情けなく泣きじゃくる衛は、これからどうすればいいのかと、ただ途方《とほう》にくれるばかりだった。

——ねえ、衛。本当にどうにもならなくなったら、この方を頼《たよ》って。

めぐみは、前々から用意してあったのだろう書類を見せた。そこではじめて、彼女はなぜ、衛に近づいたのかを打ち明けた。

——靖彬《やすあき》様には、とてもよくしていただいたの。ご恩返しをしたかった。

父、清嵐の絵を蒐集《しゅうしゅう》していた企業家《きぎょうか》の秘書であっためぐみは、福田のもとへ走った衛を、それとなく見守るように指示されていた。実際には学生ではなく、だからこそ、衛の危機にいつでも駆《か》けつけられたのだと。

——けれど、あなたはあんまり頼りなくて、ほうっておけなくて、気づいたらここにいたの。これはわたしが、好きでしたこと。だからあなたには関係ないの。

自分が手を離《はな》したら消えてしまうのではないかと思っていたと、めぐみは微笑んだ。そう言う彼女のほうこそ、真っ白な顔色をして、いまにも儚《はかな》くなってしまいそうだった。

頼るばかりでごめんなさい。泣き濡《ぬ》れてすがっためぐみは、痩せ衰《おとろ》えた身体で、しかし誰よりもしっかりと衛を抱きしめてくれた。

——泣かないの。わたしはなにも悔《く》やんでない。とても充実《じゅうじつ》した毎日だった。衛、あなたを愛させてくれて、ありがとう。

晴れ晴れと微笑んで、ひとつだけ言うことを聞いてねと繰《く》り返された。衛は、なんでも聞く、とうなずいて、めぐみの手を握《にぎ》った。

——藍のことを、お願いね。大事に、愛してね。ふたりとも、いい子でね。

言葉もなく、必死でかぶりを振《ふ》った。

それがめぐみの、最期の言葉だった。

(自分のことなんか、なにも、言わなかった……)

めぐみの死後、衛は一度だけ、志澤《しざわ》靖彬に手紙を書いた。彼女の言うように、無心をしたのではなく、ただ、亡《な》くなったという報告を簡潔な文章で綴《つづ》ったのみで、こちらの住所すら教えなかった。

それから、三年。めぐみがいないからといって、藍を飢えさせることなどないよう、必死に働いた。絵でもモノでも労力でも身体《からだ》でも、なんでも売った。惜《お》しいものなどなにもなく、藍がすこやかにあることだけが喜びで、めぐみとの約束を果たせているという満足でもあった。

衛が飢え続け、ほかの誰にも与《あた》えられず、だからこそ知らなかった無償《むしょう》の愛情は、いま、藍と名づけた子どもの姿を借りて、ここにある。そして藍を見つめるたび、めぐみが衛自身へ向けていた感情がなんだったのかを、少しずつ、理解した。

生きているうちに、ちゃんと、ありがとうと言えばよかった。そうして何度も悔やんだけれど、彼女のもとへ逝《ゆ》く日が近づくにつれ、後悔《こうかい》の気持ちは安らいでいった。

（本当に遅《おそ》いけれど、許してくれるよね、めぐさん）

間際《まぎわ》に気づいただけ立派なものだと、彼女はきっと笑ってくれるはずだ。衛はほんの少し唇《くちびる》をほころばせ、もう一度ペンを取った。

『二十歳の藍へ』——そう封筒《ふうとう》にしたためたのは、みずからの反省を踏まえてだ。

成人とは、ひととなる、と書く。死んだまま生きてきた衛の代わりに、この子には、若々しくみずみずしい、そうした人生を歩んでほしいと痛切に思った。

藍には、こんな生きざまをけっして見倣《みなら》わせたくはない。そしてどうか、どうか、福田と衛が心のどこかで欲しながらも否定し続けた、めぐみが『教えてあげる』といった、やわらかなものを手に入れて欲しいと願った。

描《か》きかけの母子像は、もう少しで仕上げることができる。あれに最後の色を入れたら、衛はほどなく、めぐみのもとへと逝くだろう。

福田があの絵を見る日が、もしもあったなら、さぞや落胆《らくたん》することだろうと思う。それでも、心のままに描いた母子像は、世間の評価も、福田の思惑《おもわく》も、なにも関係なく、衛のなかでもっともいとおしい一枚になった。

やわらかく甘いなにかに満ちあふれたものなど、彼は衛に求めなかったし、彼自身ずっと、知ることもないままだ。

　それでも知らぬままでいるほうが、福田が安らかであるのなら、かまわないのだと衛は思う。

ただひとり、衛の世界のすべてだった男が、閉じた環《わ》のなかで、孤高《ここう》に気高くあること、それだけが衛の望みだ。

ちからがあまり入らなくなった指で、文字を綴った。願いと、希望をこめた息子《むすこ》への手紙に、父への懺悔《ざんげ》を添《そ》えた。

朽《く》ちるその瞬間が訪《おとず》れるまでは——それがあと数時間のことであっても、衛はおのができる精一杯《せいいっぱい》で、藍を愛して生きていく。

けれど、それでも、子どもを愛する心とはべつの位置に、福田はずっと居続ける。

——おまえは誰のものだ、衛。

傲然《ごうぜん》と福田が言い放った瞬間《しゅんかん》、あなたのものだと、衛は果たして答えられたのだろうか。広い胸に飛びこんだその意味を、福田は本当に、わかっていてくれただろうか。

ただ愛しただけで満たされることを教えてくれた、めぐみの遺した藍を腕《うで》に抱《だ》いて、衛はつぶやく。

「わからなくても、いいのです」

それによってなにかが変わるわけではない。きっと福田には福田の、衛には衛の、譲《ゆず》れないなにかがあって、それをぶつけあうことこそが、ふたりにしかできない交《まじ》わりだった。

エゴでしかないそれでも、たしかに愛していたと、いまも言える。めぐみに、藍に向けたものとは違《ちが》っても、あれは衛の愛そのものだった。

そしてもうじき、すべてが終わる。終わることは、夜の闇《やみ》に似て、とてもやさしい。

ひどく、心は穏《おだ》やかだった。

END

あとがき

〇五年からはじまりました白鷺《しらさぎ》シリーズ、読みきり連作ではなく、完全な続き物、を目指したともいえるシリーズですが、今回の短編集で、完全な終焉《しゅうえん》です。過去の因縁《いんねん》である福田と衛の物語も出せて、自分的にはとりあえず、いま書けることは書ききったかなと。

収録作は、時系列がちょっとばらついているので、簡単に解説でも。ネタバレご注意です。

■『蜜は夜よりかぎりなく』……白鷺本編『恋は上手にあどけなく』から『平行線上のモラトリアム』までの時系列の間の話になります。志澤と弥刀の衝撃《しょうげき》の過去（笑）が暴露《ばくろ》される話で、雑誌掲載《けいさい》時が文庫（モラトリアム）と同時期だったため、裏話的に書きました。弱いオトナと強いコドモの構図はここにもあります。朋樹は藍といるときは、少しだけ年相応です。

■『双曲線上のリアリズム』……こちらは『垂直線上のストイシズム』のその後です。時間軸《じく》としてもっとも未来ですね。そして思考回路に謎《なぞ》の多い朋樹視点。彼は強いのと鈍《にぶ》いのが同居している感じで、弥刀が思うほどに本人はダメージを喰《く》らってないのですが、今回は少しへこんでいます。ここのふたりは、ほんとにどっちがどっちやら、という感じで。後日逆転も充分《じゅうぶん》あり得《う》る……というよりすでに今回、朋樹がかなり、優勢ですが……（笑）。

■『逆理―paradox―』……衛の二十年を、断章構造で、あえてざっくりと書いたこれについては、シリーズの根幹を担《にな》った、本当のはじまりの話です。本編中、悪役なのはむろん福田だったのですが、これを読んだのち本編を読み直して頂けると、福田の言動や衛の印象が、かなり違《ちが》って感じられると思いますので、興味を惹《ひ》かれた方は、よろしければお試《ため》しください。

さて、このシリーズはドラマCDも出ています。三作とも二枚組の大ボリュームです。

◆角川書店／RUBY Premium Selectionより、『キスは大事にさりげなく』『夢はきれいにしどけなく』『恋は上手にあどけなく』発売中。ブックレットにショートストーリーつきです。

一之宮藍＝岸尾だいすけ／志澤知靖＝大川透／弥刀紀章＝三木眞一郎／佐倉朋樹＝緑川光／福田功児＝黒田崇矢／志澤靖那＝千葉進歩／一之宮衛＝遠近孝一・ほか（敬称《けいしょう》略順不同）。

WEB通販《つうはん》はhttp://www.korder.com/　携帯《けいたい》からも受け付けております。

最後に、シリーズラスト巻まで、大変なご迷惑《めいわく》をかけてしまいました、高永先生。四年にわたってのシリーズ、個々のキャラクターすべてに素晴《すば》らしいビジュアルを与《あた》えて頂き、本当にありがとうございました。最終巻表紙、透明感《とうめいかん》のあるイラストで、感無量でした。

毎度のRさん、シリーズ当初からここまで、助言に取材協力など、多岐《たき》にわたるフォローを本当にありがとう。あなたがいたからなんとかなった（笑）。ほかもろもろの友人、担当さんも、ご協力ありがとうございました。そしてなにより、読んでくださった皆様《みなさま》に、ありがとうございます。これにてシリーズ完結ですが、また次のお話でお会いできれば、幸いです。

〈初出〉

「蜜は夜よりかぎりなく」　ザ・スニーカー増刊「The Ruby vol. 2」　2007年6月

「双曲線上のリアリズム」　書き下ろし

「逆理―Paradox―」　書き下ろし

KADOKAWA RUBY BUNKO

蜜《みつ》は夜《よる》よりかぎりなく

崎谷《さきや》はるひ

角川ルビー文庫 R83-23　15087

平成20年4月1日　初版発行

発行者———井上伸一郎
発行所———株式会社角川書店
東京都千代田区富士見2-13-3
電話/編集(03)3238-8697
〒102-8078
発売元———株式会社角川グループパブリッシング
東京都千代田区富士見2-13-3
電話/営業(03)3238-8521
〒102-8177
http://www.kadokawa.co.jp
印刷所———暁印刷　製本所———BBC
装幀者———鈴木洋介

ISBN978-4-04-446823-1　C0193　定価はカバーに明記してあります。

KADOKAWA RUBY BUNKO

角川ルビー文庫

いつも「ルビー文庫」を
ご愛読いただきありがとうございます。
今回の作品はいかがでしたか?
ぜひ、ご感想をお寄せください。

〈ファンレターのあて先〉

〒102-8078 東京都千代田区富士見2-13-3
角川書店 ルビー文庫編集部気付
「崎谷はるひ 先生」係